KB251227

모든 날들이
행복했으면 좋겠어

들어가며

스트리머, 인플루언서, 크리에이터 등 다양한 이름으로 불린 지 벌써 10년을 넘고도 남는다. 거르는 날 없이 꾸준히 활동한 덕분인지 나름 길거리에서 알아보는 사람도 생겼다. 그렇게 시간이 흐르면서, 나는 자연스레 사람들이 사는 이야기를 많이 들을 수 있는 자리에 있게 되었다.

내가 주로 진행하는 콘텐츠는 고민 상담이다. 처음에는 자작시를 읽기도 하고 ASMR 방송을 하기도 했다. 그러다 정신을 차리고 보니 어느 순간부터 다른 이들의 이야기를 듣고 고민을 함께 정리해 주는 역할을 하고 있었다.

많은 이들이 내 채널의 고민 상담을 찾는 이유는 갱여운이라는 사람은 이 상황을 어떤 생각으로 바라볼까 하는 마음일 것이다. 시청자들은 내 고민 상담을 두고 '사이다', '참교육' 같은 표현을 쓰기도 한다. 듣기에 시원시원한 면이 있어서일 것이다. 가끔은 어떻게 그렇게 고민 상담을 잘하느냐는 질문도 받는다. 대본도 따로 없는데 말이다. 그 이유가 특별한 언변 때문이라고는 생각하지 않는다.

인생의 고민은 당사자에게는 너무도 무겁다. 그 무게에 눌리면 다른 길을 보지 못한 채 같은 자리를 맴돌게 된다. 그래서 상담하다 보면 무엇을 해야 할지보다 무엇을 잠시 멈춰야 하는지를 말하게 되는 경우가 많았다.

평소 스스로 돌아보는 습관도 조언하는 데에 한몫했다. 나는 어린 시절부터 꾸준히 시를 썼다. 시의 매력에 빠진 나는 자연스레 세상을 관찰하고 나를 돌아보며 정리하고는 했다. 내 생각과 태도를 몇 번씩 다시 생각해 보았고 남의 탓을 하기보다 내가 할 수 있는 일을 먼저 생각하려 애썼다. 방송 역시도 그런 글쓰기의 연장선에서 시작한 일이었다. 평소에 꾸준히 했던 자기반성, 평소에 정리해 둔 나의 이야기들은 고민 상담의 순간마다 자연스레 튀어나오고는 한다.

늘 누군가에게 부끄럽지 않은 방송, 이것이 내 방송의 신조다. 이 책은 그런 고민 상담 방송의 연장선에 있다. 방송에서 나누었던 이야기들을 글이라는 형식 안에 다시 정리했다. 조금 더 천천히 음미할 수 있게, 조금 더 책임감 있게 다듬었다. 누군가의 고민을 가볍게 소비하지도, 쉽게 위로하거나 단정 지어 말하지 않았던 그 기준은 이 책에서도 그대로 유지했다.

방송이라는 형식으로 누군가의 이야기를 함께했던 시간이 이렇게 책으로 이어지게 되어 감회가 새롭다. 이 책이 어려운 시간을 지나고 있는 지금의 당신에게, 또는 바쁘게 살다 보니 자신의 마음을 들여다볼 틈이 없었던 당신에게 하나의 계기가 되길 바란다. 잠시 숨을 고르고 자신을 돌아보며 다시 나아갈 힘을 얻는 데 이 글들이 작은 버팀목이 될 수 있다면 충분하다.

2026년 2월

갱여운

목차

2. 나를 잃지 않기 위한 이야기

3. 곁에 누군가가 있다는 것

4. 사랑이 나에게 가르쳐 준 것들

1.

그래도 우리는

오늘을 살아간다

그냥 오늘을
견디는 것도 괜찮다

"여운님은 왜 사세요?"

삶에 지친 사람이 아니고서는 할 수 없는 말이다. 마음속에 드리운 길고 짙은 어둠이 그대로 전해져 오는 듯하다. 삶이 벅차지 않고서는 이런 질문은 나오지 않는다. 불안과 두려움이 온몸을 흔들 때, 사람은 이유를 찾는 법이다. 지푸라기 같은 이유라도 있어야 견딜 수 있을 것 같기 때문이다.

나는 이렇게 대답한다.

"살아 있으니까. 죽는 건 무섭잖아요."

어쩌면 너무 단순하고 소극적인 대답일지도 모른다. 하지만 나는 이 말 안에 인간이 하루하루를 살게 하는 가장 원초적인 힘이 담겨 있다고 생각한다. 행복하려고 살아도 좋고, 성공하고 꿈을 이루기 위해서 살아도 좋다. 그러나 그 모든 이유를 아직 만나지 못했거나 잃어버렸다 해도 우리는 여전히 숨을 쉰다. 살아 있는 이상, 우리의 이야기는 끝나지 않는다.

삶에는 사실 거창한 이유가 없다. 냉정하지만 그것이 현실이다. 모든 생물은 그저 살아남기 위해 존재했다. 먹이를 찾고 포식자를 피하며 스스로를 지키는 행동은 모두 DNA에 담긴 생존 지침에 따른 것이다. 내가 지금 여기에 있다는 사실 자체가, 부모님과 앞선 세대 사람들이 생존한 증거다. 그리고 그 유전자는 또다시 나에게 살아남으라고 말한다. 우리는 이처럼 살아남기 위해 프로그래밍되었다.

그렇다면 삶에 특별한 의미가 없다고 해서 부끄러워할 필요도 없다. 살아 있는 그 자체로 이미 충분하다. 죽는 건 무섭고 일부러 죽을 수는 없으니 태어난 김에 사는 것이다. 그렇게 생각하면 오늘 하루를 버텨내고 작은 만족 하나를 느끼는 것도 결코 사소한 일이 아니다. 오히려 가장 중요한 과업을 해낸 셈이다.

사회생활이란 것을 처음 시작했을 때 나는 비좁은 단칸방에서 지냈다. 손에 쥐고 있던 돈은 십만 원이 전부였고 하루하루가 전쟁이었다. 퇴근 뒤 저녁이 되면 이런 생각이 들었다. '오늘도 두 끼 식사했네? 성공했어', '오늘도 살아남았다. 장해.' 이 소박한 만족들이야말로 인간 안에 가장 뿌리 깊게 자리한 목표를 이뤄냈다는 증거다. 그래서 하루를 살아낸다는 것, 생존한다는 것은 그날 무언가를 더 이뤄내지 못한 것처럼 보여도 결코 가벼이 여길 만한 일은 아니다.

살다보면 오늘 하루를 버티는 것조차 어려운 날이 온다. 그럴 땐 내일을 미리 걱정하지 말고, 거창한 성공이나 목표, 행복 같은 것들은 잠시 내려두자. 내일은 오늘을 견디고 살아낸 사람에게만 찾아온다.

대신 조금은 작은 기쁨들로 눈을 돌려보자. 따뜻한 밥 한 끼, 친구의 메시지 한 줄, 누군가와의 대화, 이런 것들로 삶을 지탱해보자. 삶의 의미가 무엇인지 찾기에 앞서 지금 살아 있다는 것, 그것만으로도 이미 충분히 잘하고 있다.

포기하는 것이
반드시 불행은 아니다

사람들은 무언가를 포기하면 불행해질 거라고 믿는다. 그런데 실은 포기가 우리를 행복으로 이끌 때가 있다. 오랫동안 지치고 힘들 때다. 내가 지치고 힘들다면 분명 어딘가에 원인이 있다. 가진 돈이 부족해서, 사랑하는 사람과 헤어져서, 사회생활이 지치고 힘들어서, 가족들이 나를 힘들게 해서 등, 이런 원인을 제거하면 행복할 것이다. 그렇지만 현실은 그렇게 이상적이지 않다.

어떤 문제가 나를 계속해서 오랫동안 괴롭힌다면 이 문제는 내가 해결하기에는 너무 버거운 문제일 가능성이 높다. 직장 상사, 가족 관계, 연봉 문제 등, 내가 노력해서 해결할 수 있었으면

진즉에 원인을 제거했을 것이다. 왜냐하면 나에게는 그 문제가 너무나도 절실하고 힘들기 때문에.

오랜 시간이 흘렀는데도 문제가 바뀌지 않았다면 다른 방식으로 생각해야 한다. 나의 노력과 능력을 탓할 것이 아니라, 내 능력밖의 문제임을 과감하게 인정해야만 한다. 마주하고 있는 문제가 내 능력밖의 문제임을 인정할 수 있게 되면, 드디어 길이 열린다. 무슨 길이냐고? 바로 포기하는 것이다.

포기를 두려워해서는 안 된다. 포기해야만 진정으로 행복으로 나아갈 수 있다. 모든 것을 이뤄낼 수 있다고 생각해서는 안 된다. 조금만 더 넓게 생각해보면 포기하는 것이 더 앞으로 나아가는 길이다. 포기야말로 멈춤이 아니라 방향의 전환이다. 포기는 끝이 아니라 다른 길로 갈 수 있게 하는 용기니까.

예를 들어, 누군가 사람을 살리고 싶어 소방관이 되기로 결심했다고 하자. 그런데 불의의 사고로 다리를 다쳐 더 이상 뛸 수 없게 되었다면? 절망할 필요도 포기를 두려워할 이유도 없다. 더 넓게 생각해야 한다. 소방관이 되지 않아도 사람을 살리는 방법은 얼마든지 있다. 의사가 될 수도 있고 상담가가 될 수도 있다. 심지어 누군가는 음식으로 사람을 살릴 수도 있고 누군가는 글로 사람들의 마음을 구한다.

나는 아이들을 돕는 일을 하고 싶었다. 하지만 현실은 달랐다. 회사의 일과 내 꿈은 너무도 멀리 떨어져 있었다. 같은 일상 속에서 '내가 뭘 위해 일하고 있나' 싶을 때가 많았다. 그러다 마음을 바꿔먹었다. 회사 일을 통해서 목표를 이룰 수 없다는 점을 인정하고 포기하기로 한 것이었다.

그러자 다른 것들이 눈에 보이기 시작했다. 내가 당장 아이들을 직접 돕지는 못하더라도 그런 일을 하는 사람들을 도와줄 수 있지 않을까? 그날 이후 매달 작은 금액이지만 아이들을 돕는 단체에 기부를 시작했다. 아이들을 직접 만나지 않아도 나는 그 아이들을 위해 일할 수 있게 되었다. 그러자 회사 일도 더 이상 지겹고 버겁지 않았다.

이처럼 포기란 내가 할 수 있는 일과 할 수 없는 일을 구분할 수 있어야 할 수 있는 결정이다. 내가 바꿀 수 없는 것은 내려놓고 내가 할 수 있는 일에 힘을 쏟을 때 비로소 마음에 여유가 찾아오고 다음 길이 열린다.

생각을 바꾸면 많을 것들을 바꿀 수 있다. 그 첫 출발은 내가 당장 할 수 없는 것은 할 수 없다고 인정하고 포기하는 것, 바로 그것이다. 붙잡지 않아도 되는 것들을 내려놓을 때, 우리는 더욱 멀리 나아갈 수 있게 된다.

나는
내가 지킨다

"여운님, 사연 쓴 이에게 너무 나무라는 것 아네요?"

내 라이브 방송에서는 시원한 사이다 상담을 한다, 참교육 방송이다 등의 반응이 자주 보인다. 짚이는 데는 있다. 다른 이들에게 상처 입고 온 사람들에게 내가 차갑게, 냉정하게 말한다고 생각해서가 아닐까 싶다.

나라고 해서 기막힌 사연 앞에서 화가 나지 않겠으며, 지독한 상처를 주는 사람들이 유난히 곱게 보일 리 없다. 동거하던 가운데 갑자기 집 밖으로 내쫓겼다는 사연, 임신한 사실을 알리자마자 남자친구에게 차였다는 사연, 지인에게 거액의 금융 사기를 당했다는 사연 등, 악질적인 가해자들이

이 세상에는 참 많다.

안타까운 사연에 함께 공감하고 위로하는 일도 물론 중요하다. 그러나 위로보다 조금 앞서 사연을 보낸 이들을 나무라는 이유가 있다. 나라도 이들에게 중요한 것을 전해야겠다는 생각이 들어서다. 그런 생각을 하다 보면 시청자들이 말하는 '사이다 발언'이 나오곤 하는 것이다.

나를 지키는 것은 바로 언제나 나여야 한다. 누군가가 나를 도와주려고 해도 내가 약한 상태면 어느 누구도 나를 도울 수 없다. 반면 심각한 곤경에 빠졌다 해도 내가 나를 지킬 수 있으면, 아무리 주변 상황이 나쁘고 힘들어도 곧 털고 일어날 수 있게 된다. 이 점을 모르고서 기 막힌 나쁜 짓을 한 남의 탓을 해봤자 나에게 돌아오는 건 심한 감정 소모뿐이다. 심한 감정의 기복 사이에 있다 보면 결국은 문제 해결에 쓸 수 있었을 에너지마저 빼앗기고 만다. 나를 버리고 간 누군가는 내 문제를 해결해주지 않고 버려진 사람, 배신당한 사람인 내가 이 문제를 해결해야만 한다. 이 점을 자각하지 못하고 있다면 당연히 회초리를 맞아야 한다.

확고한 나의 마지막 보루는 나여야 한다. 무슨 일이 어떻게 벌어져도 나는 마지막까지 나의 편이어야 한다. 이 마지막 보루가 없다면 위기 상황에서 사람은 너무도 작아진다. 어려운 일이 닥쳤을 때, 여러 가지 일이 우연히 한꺼번에 덮쳐올 때 더 이상 의지할 데가 없다고 해보자. 끝없는 의문, 밀려오는 조급함에 정상적인 판단 능력은 멈추고 만다. 마지막 보루, 자신을 바로잡아 줄 수 있는 무언가가 있어야만 사람은 어떤 행동과 감정에 집중할 수 있게 된다. 자신을 잡아줄 수 있는 마지막 보루는 자신이어야 한다. 그게 자신이 더 없이 감정적으로 힘들고 무너지고 있을 때라고 해도.

물론 아무런 준비를 해두지 않았다면 쉽지 않을 일이다. 눈앞의 문제, 당장의 감정이 생각을 멈추게 하고 판단을 흐릴 테니까. 위급한 순간에 내가 나를 지탱해 주려면 평소에 항상 고민하고 준비해야 한다. 비행기 안에 구명 조끼를 준비해 두는 것은 사고가 일어났을 때가 아니라 평소이듯, 내가 중요하게 여기는 문제들에 대한 고민과 안전장치 역시도 아무 일도 없을 때 마련해 두어야만 한다. 그래야 문제가 생겼을 때 덜 좌절하고 현실을 빠르게 받아들여 일어설 수 있게 된다.

연인과의 관계가 너무도 소중하다면 연인과의 이별을 상상해 볼 수 있어야 한다. 연인과 이별할 수 있으니 미리 다른 이들에게 어장 관리를 해두라는 말도 아니고, 헤어진 뒤 돌려받기 어려우니 고가의 선물을 하지 말라는 말도 아니다. 지금 너무나도 소중한 이 관계가 언젠가 깨질 수 있음을 머릿속에서 인지하고 있으라는 것이다. 그 가능성을 염두에 두면, 비로소 그 관계에 더 집중하고 더 노력하게 된다. 노력해서 일이 잘 풀리지 않았더라도, 문제 상황이 찾아오면 미리 생각해 보았던 해법에 따라 문제 해결을 시도해 보면 된다. 정말로 이별이 다가왔을 때는 마음의 준비에 따라 되도록 담담하게, 내가 주저앉고 넘어져 다시는 일어나지 못하는 일이 없도록 대처해야 한다.

가장 나쁜 상황을 상상하기를 너무 두려워할 필요는 없다. 그 상황을 상상함으로써 나 자신이 나의 마지막 보루가 되도록 준비할 수 있다. 미리 준비해두면 오히려 가장 최악의 상황을 피해 지금의 관계에 집중할 수 있게 된다.

눈앞의 문제를
바라보는 시선

"퇴사해요!"

사람들은 내가 고민상담을 시원하게 한다고 말한다. 어쩌면 이날도 그랬을 것이다. 나는 인간관계 때문에 심각하게 퇴사를 고민한다는 사연자에게 바로 이 한마디를 던졌으니까.

그런데 내 생각에, 내 상담은 별로 특별한 것이 아니다. 왜냐하면, 실제로 문제의 해결 방법은 간단하기 때문이다. 회사에서 스트레스를 심하게 받아 건강을 해치고 있어요. 여운님 어떻게 하면 좋을까요? 퇴사해! 남자친구가 반복해서 바람을 피는데 이제는 정말 달라지겠지 하고 믿으려 하니 너무 불안해요. 어떻게 하면 좋을까요? 헤어져!

해결법은 간단하다. 단지 그 간단한 해결법을 선택하지 못하는 것은 그저 내가 용기가 부족하기 때문이다. 그 용기의 부족함을, 우리는 여러 가지 이유를 만들어 합리화하고 있을 뿐이다. 힘들다고 바로 퇴사하면 생활비는 어쩌지, 지금 애매하게 퇴사하면 커리어에 큰 타격이 있는 건 아닐까, 요즘 경기가 어렵다는데 이래도 되는 걸까, 다 큰 어른인데 내가 참을성이 부족한 것은 아닐까, 어차피 다음 회사를 찾아도 비슷하지 않을까 등등.

애써 정답을 외면하려 하지 말고 용기를 내자. 너무 많이 예상하고 예측하려 하지 말고 인생을 심플하게 살아가자. 어차피 인생을 살아가는 데 문제는 끊이질 않고 그 모든 문제를 다 예상할 수도 없다. 최선이라고 생각했던 선택이 좋지 못한 결과를 불러일으키기도 하고 최악이라고 생각했던 선택이 예상하지 못한 좋은 결과를 낳기도 한다.

인생은 우리를 끝없이 시험한다. 하나의 문제를 풀면 다음 문제를 내놓는다. 그래서 인생에는 100점이 없다. 문제 기출은 끝나지 않았기 때문이다. 대신에 0점도 없다. 마찬가지로 그다음 문제가 또 기다리고 있기 때문이다.

넘쳐흐르는 문제를 풀다 보면 찍어도 0점은 받지 않는다. 언젠가는 답을 맞히게 되어 있다. 그러니 하나의 문제에 너무 골몰하며 자신을 소모시킬 필요도 없고 건강을 해칠 필요도 없다.

그리고 당장 문제를 접한 나에게는 보이지 않는다. 지금 붙들고 있는 인생의 문제가 난이도는 높으면서 1점짜리 문제인지. 끙끙거리며 1점짜리 문제에 매달려 있을 시간에 다음 문제로 넘어갔더니 그다음에는 난이도는 낮은데 5점짜리 문제가 기다리고 있을지도 모른다.

그러니 지금 그 자리에서 아무것도 하지 못하겠다며, 너무 어려운 문제라며 끙끙대고 멈춰 있을 필요 없다. 풀지 못할 1개의 문제에 매달려 있느니, 오답은 많이 내도 30개의 문제를 풀고 있는 게 나을지도 모른다. 다음번에 비슷한 문제가 출제될 수도 있으니까.

용기를 갖자. 이 문제가 내가 마주할 마지막 문제가 아니며, 내가 지금 떠올리는 길만이 내 인생의 길은 아니다. 단순하게, 심플하게 문제를 대하고 나를 가로막는 문제를 제거하자. 세상 탓을 하며 인생이 어렵다고 불평할 필요 없다. 문제는 바로 용기를 내지 못하는 나 자신이다.

모든 경험이
나의 자산이다

살다 보면 문득 이런 생각이 든다. 이 시간은 대체 나에게 무슨 도움이 될까. 아무것도 하지 못한 하루, 괜히 상처받기만 했던 관계, 설명할 수 없이 공허했던 시간들 앞에서 우리는 자주 스스로를 책망한다. 이건 쓸모없는 경험이었다고, 차라리 없었으면 좋았을 시간이었다고.

하지만 나는 조금 생각이 다르다. 세상에 도움이 되지 않는 경험은 거의 없다. 외로움에도, 슬픔에도, 공허함에도, 고통과 좌절에도 이름이 붙어 있다. 이름이 있다는 것은 그 감정이 우연한 것만은 아니라는 뜻일지도 모른다. 인생을 살아가는 과정에서 반드시 거쳐야 할 무엇이기에, 사람들은 오래전부터 그것들을 구분하고 불러온 게 아닐까. 겪어도 되고 겪지 않아도 되는 선택의 문제가 아니라, 살아 있다면 자연스럽게 마주하게 되는 감정들이라는 생각이 든다.

무언가를 했기 때문에 배우는 것도 있지만 하지 않았기 때문에 알게 되는 것들도 있다. 애써 노력했다가 실패하면서 배우는 게 있고, 아무것도 하지 못한 채 멈춰 서 있었기에 비로소 깨닫는 것도 있다. 그저 가만히 앉아 멍하니 앉아 있는 시간을 보내더라도, 마음에 휴식을 주거나 생각을 정리해보거나, 혹은 내가 얼마나 지쳐 있었는지를 깨달을 수 있다. 그렇게 보면 살아가는 모든 순간에는 저마다의 역할이 있다.

다만 차이가 있다면 그 안에서 무엇을 보느냐의 차이다. 같은 시간을 지나도 누군가는 자신을 탓하고 누군가는 자신을 더 잘 이해하게 된다. 경험이 도움이 되느냐 마느냐는 그 경험의 크기나 성과보다도 그것을 대하는 태도에서 갈린다.

사람들은 흔히 인생에 큰 기회가 몇 번 찾아온다고 말한다. 정해진 순간을 잘 잡아야 인생이 바뀐다는 생각이다. 하지만 나는 그 말을 별로 믿지 않는다. 기회는 특정한 날에만 오는 것이 아니라 매일 다른 얼굴로 스쳐 지나간다. 다만 우리는 그 모든 순간을 기회로 여기지 않을 뿐이다.

그렇다고 해서 모든 것을 붙잡으려 애쓸 필요는 없다. 다가오는 모든 순간에서 무언가를 얻어내야 한다고, 의미를 찾아야 한다고 스스로를 몰아붙일 필요도 없다. 그렇게 살다 보면 삶은 부담으로 변한다.

낭만이란 어느 정도의 낭비를 동반해야 한다. 돌아보면 의미 없어 보였던 시간, 굳이 하지 않아도 됐던 선택, 아무 성과도 남기지 못한 순간들 속에 오히려 나다운 흔적이 남아 있었다. 효율적이지 않았기에 숨을 쉴 수 있었고, 쓸모없어 보였기에 마음이 조금은 자유로워졌다.

그래서 나는 이제 이렇게 말해주고 싶다. 지금의 이 경험이 당장 도움이 되지 않는 것처럼 느껴져도 너무 아파하지 말라고. 의미를 찾지 못했다고 해서 실패한 시간이 되는 것은 아니라고. 어떤 경험은 바로 쓸 수 있는 지혜가 되고 어떤 경험은 시간이 한참 지난 뒤에야 조용히 제 역할을 한다.

모든 경험은 도움이 된다. 다만 그 도움이 꼭 지금, 눈앞에 바로 드러나지는 않을 수 있다. 아프게 지나온 시간도, 멈춰 있었던 순간도, 괜히 낭비한 것 같았던 하루도, 언젠가 나를 이해하는 재료가 된다. 그 사실 하나만으로도, 우리는 지금의 시간을 조금 덜 미워해도 되지 않을까.

어른이
된다는 것

사람들은 종종 착각한다. 어른이 되면 마음도 함께 자랄 거라고. 나이가 들수록 더 차분해지고 예전처럼 쉽게 아파하지도, 쉽게 흔들리지도 않을 거라고 생각한다. 하지만 살아보니 꼭 그렇지는 않았다. 지금 돌이켜보니 어른이 된다는 것은 마음이 성장했다는 뜻이라기보다 상황이 달라졌다는 뜻이다.

더 이상 나를 대신 책임져줄 사람이 없어지는 때가 온다. 넘어졌을 때 손을 내밀어 줄 사람, 실수했을 때 대신 사과해 줄 사람이 사라진다. 그래서 우리는 어쩔 수 없이 스스로 책임지는 위치에 선다. 그리고 그 책임이 쌓일수록 더 자주,

더 많이 참아야만 한다.

어린 시절에는 아프면 울 수 있었고, 화가 나면 화를 낼 수 있었다. 힘들다고 말하면 누군가는 들어주었다. 하지만 지금은 그렇지 않다. 내 감정을 있는 그대로 드러내기엔 감당해야 하는 결과가 늘어났다. 그래서 감정을 느끼지 않는 척, 아무렇지 않은 척 삼키는 법을 익힌다.

어릴 때는 이런 생각을 하곤 했다. 어른이 되면 덜 아프겠지. 덜 외롭고, 덜 불안하겠지. 지금보다 훨씬 능숙하고 노련하겠지. 하지만 막상 어른이 되어보니 아픈 건 여전히 아프고 상처는 여전히 아프다. 화나는 일에도 여전히 화가 나고, 기대가 무너질 때는 예전처럼 마음이 철렁 내려앉는다. 다만 그 감정을 밖으로 꺼내는 대신 안에서 삼킬 뿐이다. 감정을 느끼지 않게 된 게 아니라 그저 다루는 방식이 달라진 것이다.

어떤 사람들은 스스로에게 묻는다.

"나는 왜 이 나이가 되었는데도 아직 어른이 아닌 것 같지?"

하지만 그 질문은 어쩌면 잘못된 방향일지도 모른다. 마음이 여전히 어린 시절과 닮아 있는 것은 이상한 일이 아니다. 어른이 된다는 것은 감정을 잃는 일이 아니라 감정을 안고 살아가는 법을 배우는 일이기 때문이다.

어른이란 스스로 더 강해진 사람이 아니다. 그저 더 많은 책임을 진 사람이다. 그 책임이 때문에 말은 조심스러워지고 선택은 신중해진다. 나 하나의 감정만을 바라봐선 안 되고, 그 감정을 표현했다가 내 삶과 가족들에게 미칠 영향까지 함께 고려해야 한다. 그래서 어른들은 자주 침묵을 선택하고 뒤로 물러나며 혼자 감당하는 쪽을 택한다.

하지만 책임이 늘 무거운 짐이기만 하지는 않다. 책임이라는 것은 나에게 큰 에너지이자 삶을 다시 움직이게 하는 원동력이기도 하다. 삶이라는 것은 참 모순적이어서, 가장 큰 절망과 슬픔조차도 언제나 이면을 함께 가지고 있다. 어깨를 짓누를 만큼 무거운 책임이 있다는 것은 그만큼 내게 중요한 것이 있다는 뜻이기도 하다.

그 중요한 것, 중요한 사람들이 조금이라도 나아지고 잠시 웃어주며 하루쯤은 행복해 보이는 순간이 있다면, 그 장면 하나가 다시 무릎에 힘을 주게 한다. 또다시 찾아올 좌절 앞에서도 쉽게 주저앉지 않게 만드는 작은 행복이 된다. 그런 의미에서 어른이 된다는 것은 다른 말로, 나를 행복하게 해줄 수 있는 것이 많아졌다는 말로도 바꿔 말할 수 있을 것이다.

하지만 그렇다고 해서 나를 내버려두고 마음까지 돌보지 않아도 되는 것은 아니다. 오히려 어른이 될수록 더 의식적으로 나 자신을 이해해야 한다. 나는 어떤 순간에 가장 지치는지, 언제 유독 감정이 무너지는지, 무엇을 참고 있고 무엇을 외면하고 있는지. 이런 것들을 모른 채 버티기만 하면 마음은 언젠가 뒤늦게 균열을 낸다. 그렇게 되면 나 자신뿐만 아니라 소중한 것들을 지킬 수 없게 된다.

어른이 된다는 것은 결국 어린 마음을 가진 채 살아가는 법을 익히는 일이다. 아픔을 느끼지 않는 사람이 아니라, 아픔을 느끼면서도 삶을 이어가는 사람. 감정을 없앤 사람이 아니라, 감정을 책임질 줄 아는 사람. 덜 아픈 사람이 되는 것이 아니라, 잘 참으면서도 아픈 나를 스스로 어루만질 수 있는 사람이 되는 것. 그것이 어른이 되는 진짜 과정이 아닐까.

감정이
감정을 잊게 한다

공허함이라는 감정이 늘 사라졌다가 다시 생기는 것처럼 느끼고는 한다. 바쁘게 움직일 때는 잘 보이지 않다가, 할 일이 줄고 마음이 한적해지면 그제야 모습을 드러낸다. 그래서 가끔은 공허함이 어디선가 새롭게 툭 튀어나온 감정 같기도 하다. 하지만 곰곰이 생각해보면, 공허함은 늘 그 자리에 있었는지도 모른다. 내가 다른 것들로 가려두고 있었을 뿐이다.

그래서 나는 공허함을 완전히 없애야 할 대상으로 보지는 않는다. 오히려 견뎌야 하는 감정에 가깝다고 생각한다. 삶이 멈추지 않는 한, 공허함은 주기적으로 찾아온다. 이 주기적인 손님을 애써 외면할 필요 없이, 그저 잘 다룰 줄 아는 것이 중요하다는 생각이 든다.

감정은 생각보다 단순하다. 슬픔과 기쁨, 공허함과 충만함은 전혀 다른 얼굴을 하고 있지만 마음이라는 한곳에서 출발한다. 종이 한 장 차이처럼 느껴질 때도 있다. 어쩌면 같은 감정이 상황과 해석에 따라 다른 이름으로 불릴 뿐이라는 생각이다. 지금 내가 공허함을 느끼는 이유는 공허해야 할 상황에 놓여 있기 때문일지도 모른다.

나는 감정이 다른 감정으로 어느 정도 해소될 수 있다고 믿는다. 공허함을 없애기 위해 꼭 공허함을 직접 해결해야 하는 것은 아니다. 어떤 감정이든 마음속에 고여 있으면 답답하기 마련이다. 중요한 것은 그 감정을 흘려보내는 일이다.

가끔 너무 공허하고 외로우면 일부러 아주 슬픈 영화를 본다. 감정을 아끼지 않고 울 수 있는 영화를 고른다. 그렇게 한참을 울고 나면 이상하게도 마음이 조금 가벼워질 때가 있다. 공허함이 사라진 것은 아닐지라도 그 안에 갇혀 있던 답답함이 빠져나간 느낌이 든다. 슬픔이라는 감정이 공허함을 밀어낸 셈이다.

또 어떤 날에는 이유 없이 마음이 텅 비어 있을 때, 작은 친절을 베풀어보기도 한다. 누군가에게 따스한 말을 건네거나, 도움을 주거나, 의미 없는 친절처럼 보이는 일을 한다. 그러고 나면 잠깐이지만 분명한 따뜻함이 남는다. 그 순간의 기쁨이 공허함을 완전히 채우지는 못해도, 그 자리를 잠시 대신해 준다.

너무도 격한 감정은 논리로 해결되지 않는다. 공허하다고 해서 스스로에게 설명을 늘어놓는다고 나아지지 않는다. 정도가 심한 감정은 감정으로만 움직인다. 그래서 아무 상관없어 보이는 감정이 답답함을 풀어줄 때가 있다. 울음이 웃음을 대신하고, 기쁨이 공허함을 잠시 잊게 한다.

공허함을 느낄 때 우리는 흔히 그 감정을 없애야 한다고 생각한다. 하지만 어쩌면 공허함도 신호일지 모른다. 지금의 속도가 너무 빨랐다는 신호, 마음이 쉬고 싶다는 신호, 혹은 무언가를 느낄 여백이 생겼다는 표시일 수도 있다. 공허함을 적으로 삼을수록 마음은 더 메말라간다.

그래서 나는 이제 공허함을 밀어내기보다는 다른 감정을 불러본다. 억지로 긍정하려 하지도 않고 이유를 분석하려 애쓰지도 않는다. 그저 마음이 움직일 수 있는 통로를 하나

열어두는 것이다. 슬퍼도 좋고, 기뻐도 좋고, 감동해도 좋다. 어떤 감정이든 흘러가게 두면 공허함은 그 자리를 잠시 비켜준다.

감정을 잊게 하는 것은 결국 또 다른 감정이다. 마음은 비워두면 더 비어 보이지만, 흘려보내면 다시 숨을 쉰다. 공허함을 느끼는 나를 나무라지 않고, 그 순간의 나에게 다른 감정을 건네는 것. 그것이 내가 공허함을 대하는 방식이다. 공허함은 사라지지 않는다. 다만 다른 감정들 사이를 오가며 잠시 모습을 감출 뿐이다. 그리고 그 사실을 알게 된 것만으로도, 공허함은 예전보다 덜 무섭게 느껴진다. 이렇게 공허함과 함께 하는 시간에 다른 감정들을 불러내다 보면, 상황을 바꿔 공허함을 느끼지 않을 에너지를 준비해 나갈 수 있게 된다.

일어서기까지
필요한 시간

살다 보면 누구에게나 어려운 순간이 찾아온다. 예상하지 못한 일이 생기고, 마음이 먼저 무너질 때도 있다. 그럴 때 우리는 흔히 감정부터 다스리려 한다. 충분히 슬퍼하고, 충분히 힘들어하고, 마음이 나아지기를 기다린다. 물론 감정을 느끼는 일은 중요하다. 하지만 내가 여러 번 넘어져 보며 알게 된 것은, 어려움에서 가장 빨리 빠져나오는 길은 감정이 아니라 현실을 바라보는 데서 시작된다는 점이다.

안 좋은 일이 생겼을 때, 그 일 자체보다 나를 더 오래 붙잡는 것은 '아무것도 할 수 없을 것 같다는 느낌'이다. 이런 감정이 계속되면 앞에서 이야기한 감정으로 감정을 쫓아내는 방법을 사용해본다. 그리고 어느 정도 마음의 여유가 생겼다면 그때부터는 더 이성적으로 생각하려 애쓴다. 지금 이 상황에서 내가 할 수 있는 일은 무엇일까. 아주 작아도 괜찮다. 해결이 아니라 시작을 찾는 것이다.

현실을 직시하라는 말은 잔인하게 들릴 수 있다. 하지만 여기서 말하는 현실은 냉정한 평가가 아니라, 지금의 나를 기준으로 한 가장 작은 행동이다. 당장 인생을 바꾸라는 이야기가 아니다. 지금 내가 있는 오늘을 조금만 움직여 볼 수 있도록 행동해 보라는 말이다.

정말 아무것도 할 수 없을 것 같을 때, 나는 냉수 한 컵을 마신다. 그게 전부다. 일어서서 물을 따르고 컵을 들어 한 모금 마신다. 너무 사소해서 우스운 행동이라 생각할 수 있다. 그런데 신기하게도 그 물 한 컵이 나를 가만히 앉아 있는 상태에서 무언가를 한 상태로 바꿔 놓는다. 움직였다는 사실 하나만으로 다음 행동으로 옮겨갈 수 있는 힘이 생긴다. 이번에는 컵을 내려놓고 창문을 열어 잠깐 숨을 고를 수 있게 된다. 그렇게 아주 작은 변화가 이어진다.

우리는 종종 너무 큰 목표를 세운다. 이번에는 완전히 달라지겠다고, 이번에는 인생을 바꾸겠다고 다짐한다. 하지만 막상 시작하려고 하면 몸이 말을 듣지 않는다. 목표가 너무 커서 시작조차 할 수 없는 것이다. 그래서 나는 큰 다짐보다는 작고 확실한 행동을 선택한다.

이불을 정리하는 일, 책 한 페이지를 읽는 일, 10분만 걷는 일. 이런 것들은 인생을 바꾸지 않을 것처럼 보이지만 나를 다시 일으켜 세우는 데는 충분하다. 작은 행동은 실패할 확률이 낮고 해냈다는 감각을 남긴다. 그 감각이 쌓이면 나는 지금도 움직일 수 있는 사람이라는 믿음이 생긴다.

중요한 것은 속도가 아니라 방향이다. 지금 당장 잘 살기보다, 지금 당장 멈춰 있지 않는 것이 더 중요할 때가 있다. 감정이 따라오지 않아도 괜찮다. 마음이 준비되지 않아도 괜찮다. 몸이 먼저 움직이면 마음은 조금 늦게 따라온다. 어려움 속에서 일어선다는 것은 거창한 결심이 아니다. 아주 사소한 행동 하나를 선택하는 일이다. 그리고 그 선택을 오늘도 해냈다는 사실이, 내일의 나를 조금 덜 두렵게 만든다.

지금 일어서라는 말은 강해지라는 뜻이 아니다. 버티라는 말도 아니다. 그저 지금 할 수 있는 가장 작은 일을 하라는 말이다. 물 한 컵을 마시는 것부터, 그 정도면 충분하다. 그렇게 우리는 다시, 아주 천천히 앞으로 간다.

외로움을
들여다보라

"나 외로운가, 지금?"

외롭다는 사실을 자각하고서 즐거워하는 사람이 있다면 어딘가 이상한 사람이라고 생각할지도 모른다. 흔히 외로움이라는 감정을 대체로 좋지 않은 것으로 생각한다. 혼자라는 말에는 늘 부족함이 따라붙고, 외롭다는 말에는 어딘가 잘못되어 있다는 뉘앙스가 묻어 있다. 그래서 우리는 외로움을 느끼는 순간부터 그것을 없애야 할 감정으로 규정한다. 더 많은 사람을 만나야 하고 더 바쁘게 움직여야 하며 혼자 있는 시간을 줄여야 한다고 스스로를 다그친다.

하지만 조금 다른 시선으로 바라볼 필요도 있지 않을까.

고독을 곱씹는다는 표현도 있지 않은가. 외로움은 반드시 나쁜 감정만은 아니다. 오히려 외로움은 편안함을 부른다. 누군가를 만나지 않아도 되고 관계에 에너지를 쓰지 않아도 되며 그 어떤 것도 설명하지 않아도 되는 상태다. 그 안에는 분명한 쉼이 있다.

외로움이라는 감정을 나쁘게만 판단하기 전에, 한 번쯤은 이렇게 질문해 보아야 한다.

"내가 정말 외로운 걸까, 아니면 지금 많이 지쳐 있는 걸까?"

지치고 지쳤을 때 비로소 외로움이 나타나고는 한다. 관계를 유지할 힘이 부족해졌을 때 비로소 혼자 있는 시간을 선택한 증거, 그것이 바로 외로움이다.

사실 외롭지 않으려면 해야 할 일은 분명하다. 사람을 만나고 약속을 잡아 바깥으로 나가야 한다. 친구도 만나고 연인도 만나야 한다. 이런 활동을 줄이면 외로움은 자연스레 몸집을 키운다. 나이가 들수록 외로움이 늘어난다고 느끼는 이유도 별반 다르지 않다. 관계를 맺는 일이 점점 더 체력과 정신력을 요구하기 때문이다.

조금 더 솔직해지면 외로움 안에는 귀찮아하는 내가 있다. 약속을 잡는 것도, 외부 활동을 계획하는 것도 예전만큼

적극적이지 않다. 외로움은 이렇게 육체적이고 정신적인 편안함과 함께 찾아온다.

그래서 지금 외롭다면 무조건 이 감정을 없애려고 애쓸 필요는 없다. 이 외로움은 휴식을 선택한 결과다. 대신 내가 휴식을 선택하기까지 무엇이 나를 지치게 만들었는지 살펴보는 것이 좋다. 어떤 관계가 나를 소모시키고 있는지, 어떤 상황이 나에게 과한 부담을 주고 있는지, 그 원인을 하나씩 정리해 보자. 이렇게 대하면 외로움은 사실 문제 상황은 아니며 하나의 신호에 불과하다.

외로움을 굳이 나쁜 것으로 보는 순간 오히려 더 외로워진다. 외로운 나를 부족한 사람이라고, 실패한 사람이라고 단정하고 한층 더 움츠러든다. 하지만 그 모든 것은 외로움이라는 신호를 결핍의 증거로 잘못 해석했기 때문이다.

외로움은 없애야 할 감정이 아니다. 들여다봐야 할 감정이다. 그 안에 무엇이 숨어 있는지, 무엇이 나를 지치게 했는지를 알아차리는 순간, 외로움은 나를 해치지 않는다. 오히려 나는 외로움과 함께 조금 더 편안할 수 있다. 외로움이 찾아왔다는 것은, 지금의 내가 쉬어야 할 때라는 뜻일지도 모른다.

버티지 못한다고
느낄 때

"못 버티겠는데 어쩌라는 거야."

자연스러운 생각이다. 정말 버틸 수 없을 것 같을 때가 있다. 인생의 고통 앞에서 '강한 사람'은 어떤 사람일까. 잘 울지 않는 사람? 아무렇지 않은 얼굴로 모든 일을 견뎌내는 사람, 감정을 드러내지 않는 사람이 먼저 떠오를 것이다. 하지만 그런 사람이 정말 있기는 할까.

우리는 이렇게 느끼고는 한다. 혹시 지금 내가 세상에서 가장 불행하지는 않을까. 어떻게 이런 일들이 일어날 수 있지. 객관적인 지표로 냉정하게 본다면 아마 아닐 것이다. 세상에는 나보다 훨씬 더 힘든 상황에 놓인 사람들이 분명히 있다. 그런데도 나는 내가 제일 힘든 것처럼 느낀다. 이상한 일은 아니다. 옆에 누군가 더 크게 상처를 입어도 바늘에 찔린 내 손가락이 가장 아픈 법이니까. 고통은 언제나 내가 느끼는 것이 가장 생생하다.

모든 것을 무덤덤하게 견뎌내는 사람은 아마도 거의 없지 않을까 싶다. 그렇다면 강한 사람에 대한 정의도 바꾸어야만 한다. 내가 생각하는 진짜 강한 사람은 슬프면 슬픈 만큼 울 수 있는 사람이고, 무너질 만큼 무너져 보면서도 그 자리를 지킬 수 있는 사람, 끝까지 버티는 사람이다.

사람들이 "버티는 사람이 결국 이긴다"라는 말을 자주 하는 데에는 이유가 있다. 그만큼 시간이라는 것은 강력하다. 우리는 시간의 힘을 과소평가하고는 한다. 지금의 고통이 영원히 계속될 것처럼 느껴지지만, 사실 대부분의 고통은 시간이 지나며 형태를 바꾼다. 선명했던 아픔은 흐릿해지고 매 순간을 삼키던 감정은 어느새 일상 뒤로 물러난다. 그래서 끝까지 버틴다면 언젠가는 지금의 일을 떠올리며 살아갈 수 있게 된다.

물론 지금 당장은 너무 힘들 것이다. 죽을 만큼 힘들다고 느껴질 수도 있다. 아무 말도 위로가 되지 않고 내일이

오는 것조차 버거운 순간도 있다. 그럼에도 불구하고 포기하려고만은 하지 않았으면 좋겠다. 잘 버티면 결국엔 이겨낸다는 말이 너무 흔해서 가볍게 들릴지 모르지만 그 말은 수많은 사람들이 실제로 지나와서 남긴 말이기도 하다.

다만 한 가지는 분명히 말하고 싶다. 그냥 버티기만 해서는 나아지지 않는다. 열심히 버티고 있는데도 아무것도 달라지지 않는다면 버티는 방법이 잘못되지는 않았는지 생각해 봐야 한다. 지금까지의 방식으로는 나아질 수 없다는 신호일지도 모른다. 그럴 때는 무언가가 달라져야 한다.

그 변화가 꼭 거창할 필요는 없다. 새로운 일을 시작하는 것일 수도 있고, 전혀 다른 방향으로 도망치는 것일 수도 있다. 아무것도 하지 않고 쉬는 것도 하나의 선택이다. 잠시 멈추는 것도, 내려놓는 것도 변화다. 때로는 덜 가지는 삶이 오히려 마음을 더 풍족하게 만든다.

나는 많은 것을 내려두고 가난해졌을 때 오히려 마음이 편안해졌던 기억이 있다. 가진 것이 줄어들자 지켜야 할 것도 줄어들었고, 비교해야 할 것도 줄어들었다. 그때 처음으로 숨을 제대로 쉬고 있다는 느낌을 받았다. 그러니 지금의 버팀이 나를 더 갉아먹고 있다면 버티는 방식부터 바꿔도 괜찮다.

버티지 못할 이유는 없다. 다만 같은 방식으로만 버틸 이유도 없다. 울어도 되고, 쉬어도 되고, 잠시 도망쳐도 된다. 중요한 것은 끝내 삶을 떠나지 않는 것이다. 오늘 하루를 어떻게든 넘기는 것. 그것만으로도 당신은 이미 충분히 잘하고 있다.

고통 뒤에는
또 고통이

사람들은 흔히 이렇게 기대한다. 힘든 시기를 잘 버티고 나면 어느 순간부터는 편안하고 안정감 있는 삶이 시작될 것이라고. 지금의 고통만 넘기면 다음에는 괜찮을 거라고 믿는다. 그래서 위기를 만나면 묻는다.

"이걸 어떻게 극복해야 할까요?"

'극복'이라는 말은 그래서 시사하는 바가 크다. 마치 극복이라는 단계를 지나면 다시는 고통을 만나지 않을 것만 같다.

하지만 살아보면 알게 된다. 위기를 하나 넘기면 그다음에는 또 다른 형태의 위기가 기다리고 있다. 고통을 이겨냈다고 생각한 순간 전혀 다른 이유로 다시 고통을 느낀다. 일이 잘 풀리면 인간관계가 흔들리고 인간관계가 안정되면 미래가 불확실해진다. 하나가 나아지면 다른 하나가 문제를 일으킨다. 삶은 그렇게 이어진다.

그래서 나는 요즘 이렇게 생각해 본다. 우리는 언제나 위기 또는 침체기 속에서 살고 있고 그 안에 행복이 잠깐씩 섞여 있는 게 아닐까. 인생이라는 운동장 위는 고통이 기본값이고 행복은 그 위에 잠깐 나타났다 사라지는 이벤트는 아닐까. 우리는 고통을 지나 행복으로 가는 게 아니라 고통 속을 걷다가 잠시 행복을 만나는 것일지도 모른다.

비관적으로 들릴지도 모르겠지만 오히려 이렇게 생각하면 덜 힘든 느낌이 든다. 삶은 언제나 위기이며 고통이라고 여기면 지금의 힘듦은 전혀 실패라고 볼 수 없다. 왜 아직도 힘들까, 왜 나아지지 않을까 하는 질문을 더 이상 던질 필요도 괜히 자신을 몰아붙일 필요도 없게 된다.

그래서 항상 내 곁에 있는 위기와 고통 속에서 잠깐 숨 돌릴 수 있는 지점을 잘 찾아야 한다. 배고플 땐 맛있는 식사를 하고 문득 출출할 때는 맛있는 간식을 하나 사 먹는 것. 너무 사소해서 행복이라고 부르기 민망한 작은 행복을 잘 찾으면 좋다. 이런 작은 순간들이 삶을 버티게 한다. 관점을 바꿔 보는 것도 좋다. 출근길이 버겁지만 그래도 출근할 일터가 있다는 사실을 떠올려 보자. 남들처럼 평범한 하루를 살고 있다는 감각이 오히려 큰 위안이 된다.

우리는 가끔은 특별한 무언가로 인생을 돌파하려 한다. 큰 목표를 세우고 대단한 변화를 만들어야 지금의 문제 상황을 끝낼 수 있을 것처럼 생각한다. 하지만 대부분의 문제는 그렇게 돌파되지 않는다. 위기를 하나 넘겼다고 해서 삶이 갑자기 평탄해지지도 않는다. 고통 뒤에는 또 다른 고통이 있다.

그렇다면 삶을 대하는 태도를 조금 바꾸는 편이 낫다. 고통이 사라지기를 기다리기보다, 고통이 있는 상태에서도 나를 잠깐 쉬게 해주는 것을 소중히 여기는 쪽으로 말이다. 오늘 하루를 무사히 보냈다는 사실, 작은 즐거움을 느낄 수 있었다는 사실을 가볍게라도 인정해 보자.

삶은 아마 끝까지 완벽해지지 않을 것이다. 위기와 고통은 형태를 바꿔가며 계속 찾아올 것이다. 그렇기에 우리는 더더욱 오늘의 작은 행복을 붙잡고 살아야 한다. 그것은 도망이 아니라 가장 현실적인 생존 방식이다. 고통이 끝나서 행복해지는 게 아니라 고통 사이사이에 있는 행복을

알아보며 살아가는 것. 그게 우리가 할 수 있는 최선의
삶일지도 모른다.

알아보며 살아가는 것. 그게 우리가 할 수 있는 최선의
삶일지도 모른다.

가장
가벼울 때는 지금

"조금 더 여유가 생기면 해보려고."

"상황이 좀 안정되면 그때 생각해 봐야지."

꽤나 자주 이런 말을 듣고는 한다. 언젠가는 세계 일주를 하겠다, 글을 써 보고 싶다, 나만의 일을 해보고 싶다 등, 이런 말을 하는 사람은 많지만 실제로 그 '언젠가'를 맞이하는 사람은 드물다. 그냥 그들을 게으르다고 말할 수도 있겠지만 나는 조금 다르게 생각해 본다. 어쩌면 그 사람들이 기다리던 조금 더 여유 있는 때, 조금 더 나은 때가 실제로 오지 않았던 건 아닐까. 그래서 할 수 없었던 건 아닐까, 하고.

삶에서 책임은 시간이 지날수록 커진다. 나이가 들수록,

관계를 맺을수록, 지켜야 할 것과 감당해야 할 것이 늘어난다. 사람, 돈, 관계, 역할. 그 무게는 생각보다 빠르게 어깨 위를 누른다. 그래서 지금 이 시점은 우리가 느끼는 것보다 훨씬 가볍고 자유로운 시간일지도 모른다.

지금 선택했을 때 어떤 반작용을 부를지는 누구도 정확히 알 수 없다. 새로운 일을 시작하면 무엇을 얻고 잃게 될지, 무엇이 더 즐거우며 힘들지 아무도 모른다. 하지만 그건 무언가를 시작하지 않아도 마찬가지다. 아무것도 하지 않는다고 해서 불확실함이 사라지는 것은 아니다. 시작하지 않았을 때의 후회와 시작했을 때의 부담은 형태만 다를 뿐, 둘 다 삶의 일부다. 그렇다면 가장 삶이 가벼운 지금, 두렵다는 이유만으로 멈춰 서 있을 필요가 있는 걸까. 어차피 앞날을 정확히 알 수 없다면, 지금의 선택이 꼭 더 위험하다고 말할 수도 없는데 말이다.

스무 살 무렵에는 작은 도전 하나에도 심장이 요동쳤다. 그때의 두려움은 지금보다 훨씬 컸지만, 그 두려움을 이겨냈을 때 돌아오는 성취감과 쾌감은 훨씬 선명했다. 처음이라는 이유만으로, 시작했다는 사실 하나만으로도 삶이 조금 더 살아 있는 느낌을 줬다.

삶에서 잃을 것은 계속 늘어난다. 그래서 시작은 점점 뒤로 미뤄지고, 선택은 점점 조심스럽다. 아이러니하게도 그렇게 망설이는 동안 삶의 책임은 점점 더 크기를 키워간다. 무겁다고 버겁다며 망설이는 지금이 가장 가벼울 때다. 더 많은 책임을 지기 전, 아직 선택의 여지가 남아 있는 지금이.

새로운 선택을 했다면 그다음은 후회하지 말고 걸어가야 한다. 선택을 한 뒤에도 계속해서 다른 길을 떠올리며 스스로를 괴롭힐 필요는 없을 것이다. 그때 저쪽을 택했다면 어땠을지, 다른 선택이 더 나았을지. 원래 선택하지 않은 길은 언제나 더 좋아 보인다. 실제로 그랬을지는 알 수 없는데도 우리는 쉽게 가지 않은 길을 미화한다. 그 순간, 이미 선택한 길 위에 서 있으면서도 마음은 과거의 갈림길에 묶여 버린다. 완벽한 선택은 없으며 어떤 선택이든 대가가 따른다. 선택한 뒤에 얼마나 성실하게 그 길을 걸어가느냐가 결국 결과를 만든다. 선택을 후회하는 데 쓰는 에너지는 앞으로 나아가는 데 아무런 도움을 주지 않는다.

지금이 가장 가볍다. 지금이 가장 무언가를 시작하기 좋다. 그리고 한 번 선택했다면 뒤돌아보지 말고 차근차근 걸어가자. 빠를 필요도 없고 남들과 비교할 필요도 없다.

오늘 한 걸음, 내일 한 걸음, 그렇게 쌓인 시간은 결국 나를
어디론가 데려가기 마련이다.

뭔가를
배운다는 것

몇 분만 사람들과 대화해 보면 자연스럽게 느껴지는 차이가 있다. 말을 많이 해서도 아니고, 유식한 단어를 써서도 아니다. 같은 이야기를 듣고도 무엇을 핵심으로 잡는지, 어떤 방향으로 생각을 이어가는지에서 차이가 난다. 그 차이는 대부분 '얼마나 배웠는가'에서 비롯된다. 여기서 말하는 배움은 단순히 책을 많이 읽었느냐, 학력이 높으냐의 문제만은 아니다. 어떤 방식으로 생각하고 문제를 풀어왔는가에 대한 이야기다.

많은 사람들은 공부를 지식 축적 정도로만 생각한다. 시험을 잘 보기 위한 암기, 직업을 얻기 위한 스펙, 혹은 필요할 때만 꺼내 쓰는 도구 정도로 여긴다. 그래서 공부는 인생에 크게 필요 없다고 말하기도 한다. 하지만 살아보면 공부는 단순히 지식을 쌓는 행위만은 아니다. 공부는 생각하는 법을 훈련하는 과정에 가깝다.

공부를 하다 보면 자연스럽게 문제 해결의 흐름을 익힌다. 수학 문제를 풀 때는 조건을 정리하고 공식을 떠올리며 공식을 상황에 맞게 적용한다. 국어 지문을 읽을 때는 단어 하나, 문장 하나를 근거 삼아 글쓴이의 의도를 추론한다. 정답도 중요하지만 그 가운데 어떤 근거로 어떻게 접근했는가 하는 사고력이 길러진다. 이 사고의 흐름은 교과서, 문제 풀이 안에만 머물지 않는다.

삶에서 마주치는 문제들도 크게 다르지 않다. 인간관계에서 갈등이 생기면 감정부터 터뜨릴 수도 있고 상황을 정리하고 원인을 파악한 뒤 대응할 수도 있다. 연애를 시작하기 전 상대를 알아보는 과정은 일종의 예습이고 관계를 유지하며 겪는 시행착오는 본 학습이다. 이별 이후에 관계를 돌아보며 무엇이 문제였는지를 정리하는 일은 복습이다. 공부의 구조와 삶의 구조는 생각보다 닮아 있다.

공부를 해본 사람들은 이 흐름에 익숙하다. 그래서 어떤 상황에서도 감정에만 매달리기보다 논점을 잡으려 한다. 지금 이 문제가 어디에서 시작되었는지, 내가 불편함을 느끼는 지점이 정확히 무엇인지, 해결을 위해 어떤 선택지가 있는지를 차분히 살핀다. 반면 이런 훈련이 부족하면 문제의 핵심을 놓치기 쉽다. 충분히 긍정적으로 볼 수 있는 상황에서도 부정적인 감정에 먼저 잠식되고 상황 전체를 비관적으로 해석하게 된다.

이런 차이는 사회생활에서도 분명하게 드러난다. 같은 말을 듣고도 누군가는 요점을 빠르게 파악하고 누군가는 엉뚱한 부분에서 상처받는다. 누군가는 피드백을 토대로 다음 단계를 준비하고 누군가는 자신이 부정당했다고 받아들인다. 이런 사고방식은 배움의 과정에서 기르고 변화시킬 수 있다.

그래서 나는 꼭 직업과 직접 연결되지 않더라도 무언가를 진득하게 배워보는 경험이 중요하다고 생각한다. 특정 전공을 가져야 한다는 말도 아니고 반드시 학위를 따야 한다는 뜻도 아니다. 다만 한 가지 주제를 붙잡고 이해하려 애쓰며 틀려도 보고 다시 고치며 끝까지 파고들어 본 경험은 삶 전체에 영향을 미친다. 그 과정에서 자신만의 기준과 판단의 공식이 생기기 때문이다.

사람은 결국 자기만의 기준으로 세상을 해석하며 살아간다. 어떤 상황에서 참아야 할지, 어디까지가 나의 책임인지, 누구와 가까워지고 누구와 거리를 둘지를 판단해야 한다. 이때 기준이 없으면 감정에 끌려다니게 되고, 남의 말에 쉽게 흔들린다. 배움을 통해 얻는 가장 큰 자산은 지식이 아니라 이런 기준이다.

공부는 무언가를 아는 사람이 되기 위한 과정이 아니라 어떻게 생각할 것인가를 배우는 과정이다. 문제를 만나면 도망치지 않고 구조를 살피는 태도, 답이 없을 때도 접근 방식을 바꿔 다시 시도하는 습관, 틀렸다는 사실을 인정하고 수정하는 능력. 이 모든 것이 배움 속에 들어 있다.

그래서 나는 여전히 말하고 싶다. 꼭 직업을 위해서가 아니어도 괜찮으니, 무언가를 제대로 배워보라고. 공부든, 기술이든, 예술이든 상관없다. 중요한 건 그 안에 담긴 사고방식을 몸에 익히는 일이다. 그렇게 쌓인 배움은 결국 자신만의 가치관과 판단 기준이 되어 삶의 수많은 문제 앞에서 흔들리지 않게 해준다. 그것이 진짜로 뭔가를 배운 사람이다.

하루를 대하는
소소한 태도

사람을 만날 때에도 첫인상이 있듯 하루에도 첫인상이 있다. 눈을 뜨고 처음 세상을 바라보는 그 순간의 상태가, 생각보다 그날 전체의 분위기를 많이 결정한다. 오늘 하루를 어떤 감정으로 시작하느냐가, 그날의 여러 일을 해석하는 기준이 된다. 같은 일도 긍정적인 마음으로 시작하면 비교적 부드럽게 받아들이게 되고 부정적인 상태로 시작하면 작은 일에도 쉽게 지친다. 하루의 전체적인 인상은 아침에 어떤 마음으로 출발했는지에 따라 달라진다.

컨디션이 좋지 않거나 마음이 어두운 상태에서 세상을 바라보면 사람은 자연스럽게 부정적인 면부터 보게 된다.

같은 대상을 두고도 어느 쪽에서 바라보느냐에 따라 전혀 다른 면이 보인다. 하지만 이미 마음이 가라앉아 있을 때는 반대쪽 면을 바라볼 여유가 생기지 않는다. 그래서 더 쉽게 기분이 가라앉고 모든 것에 날을 세우기 시작한다.

그래서 나는 기분이 유난히 좋지 않은 날일수록, 의식적으로 하루의 첫인상을 바꾸려 한다. 방법은 아주 단순하다. 내가 보기에 분명히 좋은 일이라고 느낄 수 있는 행동을 하나 해보는 것이다. 거창할 필요는 없다. 아주 작은 친절이어도 충분하다. 기부를 하거나, 누군가에게 자리를 양보하거나, 마음이 따뜻해지는 이야기를 일부러 찾아보는 것만으로도 달라진다. 내가 스스로 괜찮은 사람이라고 느낄 수 있는 순간, 이 세상은 생각보다 아름다운 곳이라는 느낌을 하루의 시작에 넣어 보자.

십대 때 첫 회사에 다닐 때였다. 특별히 힘든 일이 없었던 날에도 출근길은 늘 피하고 싶었고 하루를 시작하기 전부터 마음은 무거웠다. 모두가 즐길 것을 즐기는 때에 혼자 일하고 있다는 상대적 박탈감 때문이었다.

그러던 어느 날, 버스에서 어린아이가 어른에게 자리를 양보하는 모습을 보았다. 아이는 할아버지에게 자리를 양보하려 했고 할아버지는 아이에게 계속 자리를 양보하려

했다. 전혀 볼 수 없는 드문 광경은 아니었지만 예쁘고 따스한 모습이었다. 그 장면은 짧았지만, 이상하게도 그날 하루는 훨씬 덜 우울했다. 그때 깨달았다. 하루의 첫인상은 좋지 않을 수 있지만 충분히 그 방향을 바꿔 놓을 수 있다는 것이었다.

그 이후로 나는 마음이 가라앉아 있을수록 더 서둘러 좋은 것을 보려고 노력한다. 하루가 완전히 망가진 뒤에 분위기를 되돌리려는 것보다 아직 부정적인 감정이 많이 쌓이지 않았을 때 방향을 잡아주는 편이 훨씬 쉽다. 시간이 지날수록 이미 쌓인 감정의 무게 때문에 같은 따뜻한 이야기도 잘 와닿지 않게 되곤 한다.

하루의 첫인상만이라도 조금 부드럽게 만들어 주면, 나머지 시간은 훨씬 덜 거칠게 흘러간다. 긍정적인 생각을 억지로 붙잡으라는 말이 아니다. 다만 하루를 시작할 때만큼은 내가 어떤 방향으로 이 하루를 바라볼지 스스로에게 선택권을 주자는 이야기다.

자기 사랑은 이런 작은 선택에서 시작된다. 기분이 좋을 때만 나를 돌보는 것이 아니라 오히려 기분이 좋지 않을 때 나를 더 신경 쓰는 태도. 하루의 첫인상을 조금만 따뜻하게

만들어 주는 것만으로도 우리는 충분히 덜 지치며 하루를
살아갈 수 있다. 그렇게 시작한 하루는 생각보다 오래, 나를
덜 힘들게 한다.

막막하고
답이 없을 때

살다 보면 어떤 고민은 생각한다고 해서 바로 풀리지 않는다. 오히려 생각하면 할수록 더 깊게 빠지고 더 막막해지며 그 고민이 하루를 통째로 삼켜버린다. 처음에는 답을 찾아야 한다는 마음으로 문제를 붙잡고 있었지만 어느 순간부터는 이걸 해결하지 못하면 나는 끝이라는 감정이 나를 사로잡는다. 불안은 다시 생각을 흐리고 그래서 더 답은 알 수 없게 된다.

이럴 때는 고민을 다루는 방식을 바꿔야 한다. 나는 막막한 고민이 생기면 그 고민을 먼저 분류한다. 이 고민은 지금 해결할 수 있는가, 지금은 해결할 수 없는가. 그리고 해결할 수 있는 고민이라면 다시 나눈다. 지금 당장 해결해야 하는가,

시간을 두고 해결해도 되는가. 이 단순한 정리만으로도 고민의 무게를 상당히 줄일 수 있다. 우리는 문제 자체보다 문제와 감정이 뒤엉킨 상태 때문에 더 힘들어하기 때문이다.

문제는 지금 해결할 수 없는 고민과 마주했을 때다. 대부분의 사람은 불안해서 그 고민을 놓지 못한다. 하지만 지금의 내가 해결할 수 없는 문제라면 그것은 영원히 해결할 수 없는 문제가 아니라 지금의 나로서는 풀 수 없는 문제일 가능성이 크다. 그러면 해야 할 일은 한 가지다. 내가 그 고민을 해결할 수 있는 사람이 되어 돌아오면 된다.

그래서 나는 지금 해결할 수 없는 고민을 만나면 잠시 내려놓고, 대신 나를 살핀다. 지금 내 상태는 어떤지, 체력은 충분한지, 감정은 적정한지. 또 경험, 지식, 돈, 관계, 자신감 가운데 무엇이 부족한 것인지. 많은 문제는 그것을 마주하는 나의 상태에 따라 전혀 다른 모습으로 바라볼 수 있기 때문이다.

그다음은 자기 계발이다. 자기 계발이라고 해서 꼭 거창할 필요는 없다. 할 수 있는 일을 하나라도 늘리면 된다. 생각을 확장할 수 있는 공부를 하거나, 일을 더 잘할 수 있도록 훈련하거나, 선택지를 늘리기 위해 돈을 벌거나, 내 감정을 다루는 기술을 익히는 등 방법은 다양하다. 중요한 건 방향이다. 지금의 내가 열 수 없는 문이라면 문을 더 세게 두드릴 것이 아니라 다른 열쇠를 준비해야 한다.

사람들은 끝까지 파고드는 걸 성숙함이라고 착각하기도 하지만 빠져나올 줄 아는 감각이 더 중요할 때도 많다. 고민에 파묻히기 직전이라면 생각을 멈추고 일상을 되찾아야 한다. 잠을 자고 밥을 먹으며 몸을 움직여 보자. 이런 단순한 행동이 오히려 감정을 가라앉히고 사고를 다시 가다듬을 수 있게 한다. 그 뒤에 다시 돌아오면 같은 고민인데도 다르게 보일 때가 많다.

끝내 해결되지 않는 문제도 있다. 그럴 때는 인정해야 한다. 아직 내 능력치가 부족한 것이거나, 내가 바꿀 수 없는 영역일 수 있다. 바꿀 수 없는 것을 붙잡고 스스로를 닳게 만들 필요는 없다. 그럴수록 삶은 좁아지고, 사람은 더 감정적이 된다. 오히려 계속 나를 키우는 쪽으로 가는 편이 낫다. 자기계발을 하면 그 문제를 결국에는 해결하지 못하더라도 내 삶의 선택지를 늘려주기 때문이다.

막막하고 답이 없을 때 필요한 건 번뜩이는 통찰이 아니다. 지금 해결 가능한 것과 불가능한 것을 구분하는 차분한 정리, 감정에 잠식되기 전에 멈출 줄 아는 감각, 그리고 나를 확장시키는 꾸준함이다. 고민만 붙잡고 있을수록 삶은 좁아진다. 반대로 고민을 잠시 내려놓고 나를 키우기 시작하면 어느 날 그 고민은 더 이상 괴물이 아니라 다룰 수 있는 문제가 되어 있다. 결국 답은 고민 안에만 있는 게 아니라 나의 크기 안에 있다.

쉬라는 신호

사람들은 자신이 자신에게 보내는 신호를 대수롭지 않게 넘긴다. 몸이 아프면 병원을 가면서도 마음이 보내는 이상 신호에는 유독 둔감하다. 조금 지치는 것쯤은 다들 겪는 일이고, 이 정도 피로는 누구나 안고 산다고 스스로를 설득한다. 하지만 번아웃은 단순한 피로가 아니다. 번아웃은 멈추지 않으면 부러질 수 있다는 경고다.

번아웃은 감기와 닮았다. 초기에 알아차리면 쉽게 회복할 수 있다. 평소보다 의욕이 떨어지고 일에 재미가 줄어들며 이유 없이 피곤할 때가 있다. 그때는 잠시 쉬거나, 일상의 리듬을 바꾸거나, 소소한 휴식 또는 가벼운 여행을 하는 것만으로도 충분히 회복할 수 있다.

문제는 이미 번아웃이 깊게 자리 잡았을 때다. 아침에 눈을 뜨는 것 자체가 버겁고 아무것도 하기 싫으며 좋아하던 일마저 의미 없게 느끼고 있다면 번아웃이 와도 단단히 온 것이다. 스스로 인식할 정도라면 이미 초기 단계를 지났을 가능성이 크다. 이 상태에서는 같은 환경 안에서는 더 노력해도 나아지지 않는다. 오히려 더 악화된다. 감기가 심해졌는데도 약을 안 먹고 계속 움직이면 폐렴으로 번지듯, 번아웃 역시 버티는 방향으로는 해결할 수 없다.

이 단계에서 필요한 건 의지가 아니라 거리다. 잠시 도망쳐야 한다. 일을 줄이거나, 완전히 멈추거나, 환경 자체를 바꿔야 한다. 계속 그 자리에 있으면서 이겨내겠다고 다짐하는 것은 스스로 무덤에 들어가는 길이다. 번아웃이 온 뒤 회복하려면 일정한 전환기를 거쳐야만 한다.

전환기에는 무장적의 도피가 아니라 다시 돌아오기 위한 휴식을 해야 한다. 어떤 사람은 쉬는 동안 다른 선택지를 고민해 보는 것도 방법이다. 이 일을 계속할 수 있을지, 다른 길은 없는지, 내가 감당할 수 있는 현실은 무엇인지를 따져보는 과정에서 현실을 직면하게 되기도 한다. 생각해

보니 이 일 말고 당장 더 나은 대안이 없다는 걸 깨닫는 순간, 이상하게도 번아웃이 조금 누그러들기도 한다. 현실을 받아들이는 태도는 때로 회복의 시작점이 된다.

내 경우에는 처음에 방송을 하면서 그런 생각을 했다. 방송이 매끄럽게 진행되지 않았고 조급함과는 달리 시청자는 별로 없었다. 시청자들과의 소통에도 문제가 있었다. 그래서 방송을 쉬면서 다른 일을 해볼까 하는 고민을 했다. 그러나 아무리 생각해도 재가 할 수 있는 일 가운데 방송보다 내 적성에 맞으면서도 벌이가 더 좋고 편하게 일할 수 있는 직업은 없었다. 그 사실을 인정하고 나자 번아웃이 사라졌고 방송을 다시 꾸준히 할 수 있게 되었다.

번아웃이 마냥 의미가 없는 것도 아니다. 번아웃을 한번 겪고 나면 버틸 수 있는 기준선이 조금씩 올라간다. 예전에는 견디기 힘들었던 강도의 피로도 한 번 쉬고 돌아온 뒤에는 해볼 만한 수준이 된다. 물론 이것을 믿고 내 한계를 제대로 모르고서 버티다가는 또다시 번아웃이 온다. 그러나 번아웃과 휴식을 반복하다 보면 나의 강도가 올라가는 것만은 사실이다.

쇠도 마찬가지다. 계속 망치질만 하면 결국 부러진다.

강해지는 과정에는 반드시 담금질이 필요하다. 뜨거운 열을 가했다면, 반드시 식히는 시간이 있어야 한다. 인간도 다르지 않다. 쉼 없이 강함만 요구하면 무너진다. 쉬는 시간은 약해지는 시간이 아니라 다음 단계를 버티기 위한 준비다. 번아웃은 그렇기에 마냥 의미 없는 시간이라고 할 수는 없다.

인간은 무한하지 않다. 그래서 쉬어야 하고, 멈춰야 하며, 방향을 바꿔야 할 때가 있다. 그리고 이 때 성장이 동반되기도 한다. 번아웃은 실패의 증거가 아니라 쉬라는 신호다. 그 신호를 알아차리고 잠시 멈출 수 있다면 다시 나아갈 힘은 충분히 회복된다.

2.

나를
잃지 않기
위한 이야기

오늘의 필연이
내일의 우연을 만든다

사람들은 종종 세상이 불공평하다고 말한다. 성실한 사람은 손해를 보고 착한 사람은 이용당하며 운이 좋은 사람만 앞서 나가는 것처럼 보일 때가 있다. 그런 장면을 반복해서 보다 보면 노력이라는 말이 공허하게 느껴지기도 한다. 왜 나는 이렇게 애쓰는데도 결과가 더딜까. 왜 저 사람은 별다른 노력을 하지 않는 것처럼 보이는데도 기회가 따라다닐까. 이런 질문은 자연스럽다.

하지만 삶을 조금 더 길게 바라보면 운처럼 보였던 것들 대부분에는 나름의 이유가 있다. 완전히 우연처럼 보이는 결과 뒤에는 그 결과를 가능하게 만든 수많은 선택과 반복이 쌓여 있다. 나는 그래서 미래가 좋아지기 위해 필요한 것은 막연한 행운이 아니라 오늘의 필연을 만들어 가는 태도라고 생각한다. 내일의 우연은 그냥 떨어지지 않는다. 오늘의 선택이 쌓여 만들어진 개연성 위에서만 비로소 나타난다.

오늘 최선을 다하면 내일 반드시 좋은 결과가 나온다고 말하고 싶은 것은 아니다. 결과는 시차를 두고 나타나기도 하고 예상과 다른 방향으로 흘러가기도 한다. 하지만 오늘의 선택이 허술하다면 내일의 우연은 기대할 수 없다. 반대로 오늘 내가 할 수 있는 최선의 선택을 반복하고 있다면 그것은 언젠가 기회로 돌아올 가능성을 만든다. 나는 이것을 '개연성을 쌓는다'고 표현한다.

그래서 나는 미래를 지나치게 걱정하지 않으려 한다. 미래는 오늘의 연장선에 있을 뿐, 오늘과 분리된 공간이 아니기 때문이다. "미래가 고민되어서 아무것도 할 수 없어요" 같은 사연을 가끔씩 듣고는 한다. 하지만 사실 미래는 고민한다고 만들어지지 않는다. 오늘 하루를 어떻게 보내느냐에 따라 자연스럽게 형성된다. 오늘을 성실하게 살아낸 사람은 이미 미래를 준비하고 있는 셈이다.

오해할까 다시 말하자면 오늘에 집중하라는 말이

순간적인 쾌락을 좇으라는 뜻은 아니다. 내가 말하는 오늘의 행복은 욜로식의 소비나 무계획한 낙관이 아니다. 오늘의 선택이 내 인생에 어떤 도움을 주는지, 어떤 방향으로 나를 데려가는지를 오늘 할 수 있는 수준에서 고민하라는 뜻이다. 지금 이 선택이 나를 조금이라도 나은 방향으로 움직이게 하는지, 그 질문을 놓치지 않는 것이 중요하다.

나는 그래서 목표를 아주 멀리 두지 않는다. 오 년 뒤, 십 년 뒤의 삶을 완벽하게 설계하려 들지 않는다. 그 거대한 시간은 누구도 정확히 예측할 수 없다. 대신 내일을 목표로 삼는다. 내일 내가 지킬 수 있는 약속, 무리하지 않아도 해낼 수 있는 계획을 세운다. 내일 몇 시에 일을 시작할지, 오늘보다 조금 더 나은 방식으로 무엇을 해볼지. 그렇게 작고 현실적인 목표를 세우고 그것을 이뤄냈다는 감각을 쌓아간다.

작은 성취에는 생각보다 큰 힘이 있다. 하루를 무사히 마쳤다는 감각, 오늘도 내가 나와 한 약속을 지켰다는 경험은 내 자존감을 천천히 쌓아 올린다. 반대로 너무 큰 목표를 세우고 반복적으로 실패하면 사람은 쉽게 지치고 스스로를 의심하게 된다. 적당한 도전은 성장으로 이어지지만 과도한 실패는 비교와 좌절을 부른다.

삶은 원래 완전히 공정하지도, 완전히 예측 가능하지도 않다. 그렇기 때문에 더더욱 오늘을 허투루 쓰지 않아야 한다. 내일의 우연은 준비된 사람에게만 찾아온다. 그리고 그 준비는 늘 오늘이라는 시간 안에서 이루어진다. 미래는 알 수 없다. 다만 '지금'만은 알 수 있다. 나는 지금 무얼 하고 있는지 돌아보자. 지금이야말로 과거에 미래였던 것이며 미래에는 과거가 될 것이다.

내 삶의
결정을 내리는 방법

중요한 결정을 앞두고 사람들은 갈등한다. 어느 쪽이 더 이득일지, 지금이 맞는 시기인지, 이 선택이 나중의 나를 후회하게 만들지는 않을지. 선택의 순간마다 우리는 미래를 상상하며 계산하지만 정작 그 계산의 기준이 무엇인지 스스로 명확히 알고 있는 경우는 많지 않다. 그래서 같은 상황에서도 누군가는 과감하게 뛰어들고 누군가는 끝내 발을 빼지 못한다. 이 차이는 용기의 문제가 아니라 자신을 얼마나 잘 알고 있느냐의 문제다.

나는 중요한 결정을 내릴 때 나만의 기준이 있다. 나는 기본적으로 미래를 위해 현재를 희생하는 방식보다는 현재의 행복을 최대한 유지하는 방식을 선택한다. 그래서 어떤 선택을 앞두면 이런 것들을 가장 먼저 따져본다. 이 선택이 지금의 나를 얼마나 불행하게 만들 것인가. 지금의 일상, 지금의 리듬, 지금 느끼는 안정감을 크게 무너뜨리는 선택이라면 나는 웬만하면 하지 않는다. 반대로 현재의 행복이 크게 훼손되지 않거나 약간의 불편함 정도로 감당할 수 있다면 그런 선택을 내리기도 한다.

그래서 나는 리스크가 큰 투자를 거의 하지 않는다. 주식이나 코인 같은 투자도 잘 하지 않고, 설령 하더라도 어느 정도 수익이 나면 미련 없이 나온다. 실패했을 때의 반작용이 지나치게 크다면 나는 애초에 그런 선택을 하지 않는다. 크게 성공하면 매우 행복하고 실패하면 삶 전체가 무너질 수 있는 선택은 내 성향에 맞지 않는다는 걸 이미 알고 있기 때문이다.

내가 인터넷 방송을 시작한 이유도 비슷하다. 실패했을 때 감당해야 할 손해가 크지 않았다. 이미 가지고 있던 컴퓨터와 최소한의 장비만으로 시작할 수 있었고 잘되지 않더라도 삶이 무너지지는 않았다. 반대로 잘된다면 얻을 수 있는 가능성은 충분히 컸다. 투자 대비 기대값과 실패 시 손실의 크기를 함께 고려했을 때 나에게는 합리적인 선택이었다. 그래서 선택할 수 있었다.

반면에 나는 큰 자본이 들어가는 사업에는 관심이 없다. 대출을 끼고 시작해야 하는 사업 같은 것들 말이다. 내가 열심히 하지 않을까 봐 피한 게 아니다. 오히려 그 반대다. 만약 시작하면 손해를 보지 않기 위해 잠도 줄이고 휴식도 포기한 채 스스로를 몰아붙일 것이 분명했기 때문이다. 나는 그런 식의 삶을 오래 견디지 못하는 사람이라는 걸 안다. 휴식을 중요하게 여기고 여유를 잃으면 빠르게 망가지는 성향이라는 것도 잘 알고 있다. 그래서 그런 선택을 하지 않는다.

이 모든 기준은 옳고 그름의 문제가 아니다. 누군가는 미래를 위해 현재를 과감히 희생하는 방식이 더 잘 맞을 수도 있다. 누군가는 큰 리스크를 감당하는 삶에서 오히려 에너지를 얻는다. 중요한 것은 어떤 방식이 더 훌륭하냐가 아니라, 어떤 방식이 나에게 맞느냐다. 나에게 맞지 않는 결정을 반복하면 그 선택이 아무리 남들에게는 성공처럼 보여도 결국 나는 불행해진다.

어릴 때의 나는 미래를 위해 현재를 미루는 선택을 꽤 많이 했다. 하지만 시간이 지나면서 그런 방식이 내게 맞지 않다는 점을 깨달았다. 그래서 지금은 기준을 더 단순하게 잡는다. 오늘의 행복이 얼마나 유지되는가. 이 선택을 했을 때 내일의 내가 오늘만큼 숨을 쉬며 살 수 있을까. 이 질문에 '그렇다'고 답할 수 있을 때만 움직인다.

중요한 결정 앞에서 흔들리지 않기 위해 가장 먼저 필요한 것은 정보나 조언이 아니라 자기 자신에 대한 이해다. 선택의 기준은 남에게서 빌려올 수 없다. 내 삶에서 중요한 결정을 잘 내리려면 내가 나를 잘 알고 있어야만 한다.

내가 나를
사랑하는 방법

스스로를 사랑하는 방법은 사실 내가 남을 사랑하는 방법과 크게 다르지 않다. 누군가를 사랑하게 되면 우리는 그 사람을 알고 싶어진다. 관계가 깊어질수록 서로에 대한 앎도 자연스레 깊어진다. 사소한 표정 하나, 말투의 미묘한 변화, 반복되는 습관들은 물론이고, 어떤 상황에서 불안해하거나 기분이 가라앉는지, 지금의 삶에 영향을 미치는 과거의 경험은 무엇인지, 어떤 사고방식으로 세상을 바라보는 사람인지 등. 사랑이라는 것은 결국 상대를 알아가는 일이다.

만약에 끌리는 감정만으로 관계를 이어가면서도 더 깊이 알려고 하지 않는다면 그 관계는 오래 버티지 못한다. 시간이 지날수록 오해가 쌓이고 마음이 엇갈린다. 결국 더 이상 발전할 수 없는 겉껍데기뿐인 관계가 되고 만다.

다른 이와의 사랑이 그러하듯 내가 나를 사랑할 때도 마찬가지다. 내가 나를 사랑하려면 가장 먼저 내가 나를 정확히 알아야만 한다. 나는 실제로는 어떤 성격이며 장단점은 무엇일까. 나는 어떤 때에 예민해지며, 어떤 때 큰 감정 기복을 느낄까. 나는 무엇을 원하는 사람이며 내 삶에서 무엇을 중요하다고 생각할까. 나는 어떤 선택을 반복하는 습관이 있으며 그 선택들은 나를 어디로 데려왔을까.

이 질문들에 답하지 않은 채 살아가면 나와의 관계는 계속해서 삐걱거린다. 왜 그런 행동을 했는지 스스로도 이해하지 못하고, 왜 같은 실수를 반복하는지도 알 수 없다. 내가 되고 싶은 모습이 어떤 것인지도 제대로 모르니까, 지금의 나를 미워하기도 쉽다. 마치 사용법을 모르는 기계를 다루듯 내 마음과 삶을 거칠게 대하게 된다. 이렇게 되면 나와 나 사이에는 신뢰가 쌓이지 않는다. 그래서 자기 자신을 사랑하기 위해 가장 먼저 필요한 것은 나를 이해하는 일이다.

그다음으로는 나를 믿을 수 있도록 객관적인 노력을 해야 한다. 내가 어떤 사람인지 알고, 나의 한계와 가능성을 파악했다면 이제는 나를 인정할 수 있는 근거를 쌓아야 한다. 무엇을 노력하면 조금 더 나아질 수 있을지, 반대로 아무리 애써도 잘 맞지 않는 영역은 무엇인지 솔직하게 바라보자. 모든 걸 잘하려 애쓰는 대신, 잘할 수 있는 것을 차근차근 키워나가는 편이 나를 덜 소모시킨다.

운동을 하면 몸이 변하고, 그 변화는 자연스럽게 자신감으로 이어진다. 삶의 다른 영역도 마찬가지다. 판단하는 힘, 일을 해내는 능력, 감정을 조절하는 힘, 관계를 유지하는 기술들. 이런 것들은 타고나는 것이 아니라 대부분 쌓아가는 것이다. 노력이 반복되고, 아주 작은 향상이라도 눈에 보이기 시작하면 사람은 스스로를 함부로 대하지 않게 된다. "그래도 나는 해내고 있다"라는 감각이 생기기 때문이다.

자기 사랑은 막연한 감정이 아니라 이해와 노력의 결과에 가깝다. 나를 알고, 나를 다루는 법을 익히고, 나를 믿을 수 있는 이유를 하나씩 만들어가는 과정. 그렇게 쌓인 신뢰 위에서 비로소 나는 나를 함부로 미워하지 않게 된다. 완벽해서가 아니라 나를 외면하지 않았다는 이유로 말이다.

자존감이라는 말

"여기서 돌아갈까, 계속 가볼까?"

길을 헤매고 있는 두 사람이 있다고 해보자. 나는 돌아가기를 선택했고 동행은 계속 가기를 선택했다. 이때 "지금 돌아가는 것도 맞고 계속 가보는 것도 맞겠네"라고 생각할 수 있다면 자존감 있는 사람이다. 그러나 다른 사람의 선택을 보는 순간 "그럼 내가 틀린 건가?"라는 의심이 먼저 든다면, 그 사람은 자기 판단을 쉽게 믿지 못하는 상태일 가능성이 크다. 자존감이란 한마디로 내가 나를 설득하는 도구다. 남의 선택에 쉽게 흔들리는 사람은 이 도구가 없어 스스로 자신을 설득하질 못하는 것이다.

세상에는 정답이 분명한 문제도 있다. 1+1은 2다. 그러나 삶의 대부분은 그렇지 않다. 감정과 취향, 해석과 선택의 문제는 본질적으로 상대적이다.

"나는 이 장면이 슬펐다."

"나는 이 장면이 재미있었는데."

이 두 말은 동시에 성립할 수 있다. 감정에는 하나의 정답만 존재하지 않기 때문이다.

그럼에도 누군가의 반응을 듣는 순간, 내 감정을 의심하기 시작한다면 그것은 감정의 문제가 아니라 자존감의 문제라고 생각한다. 그래서 나는 흔히 사용하는 단어 가운데 자존심과 자존감을 구분해서 쓴다. 자존심은 흔히 일상에서 '쫀심'이라고 부르는 감정에 가깝다. 다름을 위협으로 느끼기 때문에 남을 대할 때 쉽게 위협을 느끼고 방어적인 태도를 보인다. 반면 자존심이 아닌 자존감이 높은 사람은 진정으로 남을 배려할 줄 안다. 다름을 위협으로 느끼지 않기 때문이다.

그래서 자존심이 높은 사람과 이야기하면 피곤하지만, 자존감이 높은 사람과 대화를 나누면 묘한 안정감을 느낀다. 말을 서두르지 않고 자기 이야기를 증명하려 들지 않으며 상대의 말을 있는 그대로 들을 줄 안다. 그 여유에서 편안함이 생긴다.

자존감이란, 상대적인 영역에서조차 '내가 느낀 것을 내가 믿을 수 있는가'에 대한 힘이라고 생각한다. 이런 믿음은 어디에서 생길까. 말로 다짐한다고 생기지 않는다. 자존감은 반복해서 확인한 경험에서 나온다. 내가 무언가를 해봤고, 해낼 수 있었고, 또 한 번 해냈다는 기억이 쌓이면서 만들어진다. 그래서 자존감을 높이는 가장 현실적인 방법은, 내 감정에 대한 신뢰를 키울 수 있는 행동의 기록을 쌓는 일이다.

다만 자존감이 지나치게 낮아진 상태에서는 이 과정이 버겁게 느껴질 수 있다. 자존감이 지나치게 낮아진 상태에서는 이 말은 너무도 멀게 들릴 것이다. 이럴 때는 외적인 변화가 도움이 되기도 한다. 누군가에게 "예뻐졌다", "멋있어졌다", "건강해 보인다"라는 말을 듣는 경험은 순간적으로 자기 자신에 대한 믿음을 끌어올린다. 그래서 용모를 단정히 가다듬는 일도 이럴 때는 도움이 된다.

물론 여기에 전부를 맡겨서는 안 된다. 타인의 시선으로만 자존감을 채우는 일은 오래가지 못한다. 그러나 그렇다고 해서 그 도움을 무시할 필요도 없다. 중요한 것은 외부의 인정을 전부로 삼지 않는 태도다. 그 말들 가운데 필요한 만큼만 받아들이고, 중심은 여전히 나에게 두어야 한다. 운동도, 외모도 결국은 '남에게 보이기 위해서'가 아니라 '내가 나를 대하는 방식'이기 때문이다.

사람은 본능적으로 외적인 것에 끌린다. 그래서 외적인 변화는 자존감을 회복하는 가장 빠른 통로가 되기도 한다. 하지만 그 통로에는 분명 한계가 있다. 결국 오래 남는 것은 내적인 안정감이다. 외적인 정비 위에 내적인 성장을 함께 쌓아갈 때, 자존감은 흔들리지 않는 상태가 된다.

자존감은 거창한 사상에서 시작되지 않는다. 내 기분을 살피는 일, 내 몸을 돌보는 일, 나를 방치하지 않는 태도에서 시작된다. 머리가 지저분하면 정리해 주고, 몸이 피곤하면 쉬게 해주고, 기분이 가라앉으면 억지로 밀어붙이지 않는다. 오늘의 나를 오늘의 방식으로 돌보는 것. 이 사소한 관리가 쌓여 자존감이 된다.

자존감을 높이는 일의 핵심은 결국 이것이다. 나를 함부로 대하지 않는 것. 그 태도가 쌓일수록, 나는 점점 나를 믿을 수 있는 사람이 된다.

내 꿈은
내가 이룬다

"역시 여기서 포기해야 할까요?"

사람들은 이렇게 묻고는 한다. 오래 붙잡고 있던 꿈을 이제는 내려놓아야 하는지, 현실을 봐야 하는 시점이 온 것은 아닌지. 하지만 나는 그 질문을 들을 때마다 조금 다른 생각이 든다. 꿈을 꼭 포기해야 할 이유가 있을까.

내가 꾸어 온 꿈은 누군가가 대신 만들어 준 것이 아니다. 내가 살아오면서 선택한 것이고, 내가 만들어 낸 것이다. 그래서 나는 꿈을 자식에 비유한다. 내가 낳은 자식을 스스로 버린다고 해서 정말 아무렇지 않을 수 있을까. 잊고 살 수 있을까. 그렇지 않다. 마음속에 오래 남고 때로는 평생의 아픔으로 남는다. 꿈도 마찬가지다. 내려놓는다고 해서 사라지는 것이 아니라 오히려 더 선명하게 마음에 남는다.

더군다나 꿈은 누가 억지로 시킨 것도 아니다. 정해진 기한이 있는 것도 아니고 반드시 이뤄야만 하는 의무도 아니다. 말 그대로 내 꿈이다. 어떤 사람에게는 그 꿈이 안식처가 되고 지칠 때마다 돌아갈 수 있는 휴식처가 된다. 때로는 삶을 버티게 하는 하나의 이유가 되기도 한다. 그렇다면 왜 굳이, 좋아하는 것을 억지로 내려놓아야 할까.

꿈은 남과 비교할 대상도 아니다. 더 많이 꿀 필요도 없고 누구보다 잘해야 할 이유도 없다. 나에게 의미가 있으면 그걸로 충분하다. 그 꿈이 내 하루를 조금이라도 움직이게 한다면 그걸로 된 것이 아닐까. 세상 어떤 일을 하고 있든 꿈 하나쯤 마음속에 품고 있다는 사실만으로도 우리는 조금 더 오래 버틸 수 있다.

이렇듯 꿈이란 것은 나를 움직이는 무한한 동력과도 같다. 다만 욕심이 과해지는 순간, 꿈은 목표로 변한다. 그때부터 꿈은 나에게 쉼과 여유를 주지 않고 계속해서 압박한다. 그래서 꿈이란 건 어쩌면 일종의 취미처럼 갖는 편이 낫지 않은가 싶다. 반드시 이뤄야 하는 과제가 아니라 내가 가야 할 방향을 대강 알려주는 역할.

어릴 때부터 나는 작가가 되고 싶었다. 정확히 말하면 시인이 되고 싶었다. 그런데 어느 순간부터 그 꿈에 지나치게 집중하기 시작했다. 특히 돈을 벌어야 하는 시기가 오자, 하고 싶은 일로 반드시 돈을 벌어야 한다는 생각이 강해졌다. 그때부터 나는 '시인'이라는 이름에 집착했다. 각종 대회에 나가고 투고를 하며 결과를 기다렸다. 하지만 나는 그만큼의 재능을 가진 사람은 아니었다. 결과는 늘 같았다.

계속해서 좌절을 겪다 보니 내게 찾아온 것이 바로 이런 생각이었다.

'이제는 포기해야 하나?'

질문을 던진 끝에 나는 다시 처음부터 생각해 보았다. 나는 정말 시인이 되고 싶었던 걸까. 아니면 글을 쓰는 시간이 좋았던 걸까. 답은 의외로 간단했다. 나는 직업이 아니라 글을 쓰는 행위 자체가 행복했다.

그렇다면 꼭 시인에 매달리고 있을 필요는 없었다. 시인을 목표로 삼는 대신, 무엇이든 글을 계속 쓸 수 있는 삶을 목표로 삼았다. 글을 쓰려면 무엇이 필요할까. 종이, 펜, 컴퓨터 그리고 시간. 그것들을 만들기 위해 일을 했다. 겉으로 보면 전혀 관계없는 일이었지만 나에게는 가장 관계있는 일이었다. 내 글을 위한 시간과 환경을 사는 일이었으니까.

돈을 모아 하나씩 필요한 것을 마련할 때마다 기분이 좋았다. 새로 산 물건들로 다시 글을 쓰면 그 시간이 또 나를 살게 했다. 그 과정 자체가 즐거웠다. 그리고 그 즐거움이 이어져, 지금 내가 하고 있는 일까지 오게 되었다.

나는 꿈을 완전히 내려놓지 않았기에 계속해서 궁리했다. 어떻게 하면 작가가 될 수 있을까. 그러다 문득 이런 말을 들었다.

"유명해지면 뭘 해도 사람들이 본다."

이 말이 내 마음을 움직였다. 글을 아주 잘 쓰지 못해도 나를 알고 싶어 하는 사람이 있다면 이야기는 달라지지 않을까. 그렇게 유명해질 수 있는 방법을 고민하다가 인터넷이라는 무대를 발견했고 내가 비교적 잘하는 '말하기'를 활용해 라이브 방송과 유튜브를 하고 있다.

돌아보면 나는 꿈을 포기하지 않았다. 다만 꿈을 이루는 방식이 바뀌었을 뿐이다. 시인이 되지는 못했지만 글을 쓰는 사람이 되었고 글을 나누는 사람이 되었다. 그 과정 하나하나가 결국 나를 지금의 자리로 데려왔다.

그래서 나는 이렇게 말하고 싶다. 꿈은 내려놓는 대상이 아니다. 다만 형태를 바꾸고 속도를 조절하며 삶과 함께 데리고 가야만 한다. 내 꿈은 내가 이룬다. 남들의 기준이 아니라, 내가 만족할 수 있는 방식으로. 그렇게 살아가는 것만으로도 꿈은 이미 내 삶 속에서 숨 쉬고 있다. 꿈이 꿈을 몰고 오고, 그 꿈이 현실과 어우러져 내 모습을 바꾼다.

오래 꾸는 것이
꿈이다

"대기업을 다니는데 아무 재미가 없어요. 저는 꿈이 없어요."

사람들은 '꿈'이라는 말에 유난히 큰 기대를 건다. 꿈이란 어느 날 갑자기 떠오르는 하나의 목표이자 인생의 정답처럼 생각하는 경우가 많아 보인다. 그래서 빨리 꿈을 찾아야 할 것 같고 그래야 인생의 방향을 남들보다 늦지 않게 정할 수 있을 것처럼 느낀다. 내 인생의 정답은 대체 뭘까, 이렇게 생각하다 보면 자연스레 "나는 아직 꿈이 없다"라며 조급함과 불안을 실어 말하게 되는 것이다. 꿈을 아직 찾지 못했다는 사실 자체가 뒤처짐처럼 느껴지기 때문이다. 하지만 나는 이 전제가 조금 잘못되었다고 생각한다. 꿈은 빨리 찾는 것이 중요한 게 아니라 오래 꾸는 것이 중요하다.

사실 인간은 누구나 이미 아주 작은 행복을 가지고 산다. 어떤 사람은 빵을 먹는 순간이 좋고, 어떤 사람은 음악을 들을 때 마음이 놓인다. 누군가는 사람을 돕는 일이 좋고 누군가는 무언가를 만들어내는 과정이 즐겁다. 다만 너무 사소하고 일상적이어서 스스로도 그것을 꿈의 씨앗이라고 깨닫지 못하고 있을 뿐이다. 하지만 많은 꿈은 바로 여기에서 출발한다. 빵을 좋아하다 보니 제빵을 배우게 되고 디저트 카페를 차리게 될 수도 있다.

꿈은 그렇게 아주 작은 방향 감각에서 출발한다. 반복해도 질리지 않는 감정, 매번 나를 새롭게 하는 관심에서 시작한다. 내가 좋아하는 작은 행복을 쫓다 보면 자연스레 더 잘해보고 싶어지고 더 오래 해보고 싶어진다. 그러다 보면 전에는 생각하지 못했던 새로운 목표가 생긴다. 이렇게 작은 꿈이 또 다른 꿈을 데려오면서 꿈은 점점 자라난다. 처음부터 큰 꿈을 품지 않아도 된다. 오히려 처음부터 너무 큰 꿈을 꾸었다간 그 무게에 눌려 시작조차 못 하는 경우가 더 많을 것이다.

꿈의 가장 큰 힘은 돈을 많이 벌게 해주는 데 있지 않고 멋진 직업을 갖게 해주는 데만 있지도 않다. 꿈이 가진 진짜 힘은 삶에 계속해서 새로운 목표를 던져준다는 데 있다. 꿈은 오늘의 목표가 끝나도 내일 또 다른 목표를 만들 수 있게 해주는 힘이자 삶이 멈추지 않고 앞으로 나아가게 하는 동력이다. 나는 이것이 꿈의 본질이라고 생각한다.

그래서 지금 하고 있는 일이 꿈과 전혀 상관없다고 느끼더라도 너무 빨리 단정하지 않았으면 좋겠다. 지금의 직장, 지금의 생활이 나중에 하고 싶은 일을 가능하게 만들어 줄 수도 있다. 어쩌면 좋아하는 것에 투자할 시간과 돈을 마련하고 있는 중인지도 모른다. 겉으로 보기에 전혀 다른 길처럼 보여도 결국에는 같은 방향으로 이어질 수 있다. 삶은 지금 이 순간의 관점으로 단순하게 바라보기에는 너무 복잡하고 너무도 많은 가능성을 품고 있다.

나는 어릴 때부터 글을 썼다. 일기 대신 시를 썼고 재미있어서 계속 썼다. 그러다 보니 시인이 되고 싶다는 꿈이 생겼고 작가가 되고 싶다는 꿈으로 이어졌다. 하지만 글만 써서 먹고사는 건 쉽지 않았다. 그래서 또 다른 길을 고민했고 그 과정에서 방송이라는 선택을 했다. 하나의 꿈이

다른 꿈을 물고 여기까지 온 셈이다.

꿈은 이렇게 이어진다. 단절되지 않는다. 지금의 삶이 꿈과 무관하다고 느껴질수록, 오히려 그 안에서 어떤 씨앗을 키우고 있는지를 살펴볼 필요가 있다. 아주 작아 보여도 괜찮다. 오래 붙잡고 갈 수 있다면, 이미 충분히 훌륭한 꿈이다.

그러니 조급해하지 않아도 된다. 꿈은 빨리 꾸는 게 중요한 게 아니다. 오래 꾸는 것이 중요하다. 내가 계속해서 고개를 돌리게 되는 방향, 반복해도 지치지 않는 감정, 일상에서 나를 조금 더 살아 있게 만드는 것. 그 작은 행복에 주의를 기울이는 것에서 꿈은 시작된다. 그리고 그렇게 시작된 꿈은, 생각보다 훨씬 멀리까지 나를 데려간다.

좋아하는 일과
잘하는 일

사람들은 삶이 공평하지 않다고 느낀다. 누군가는 태어나면서부터 눈에 띄는 재능을 가지고 있고 누군가는 무엇을 해도 평균을 넘기지 못하는 것처럼 보인다. 같은 노력을 해도 결과는 다르고 같은 시간을 들여도 도달하는 지점은 제각각이다. 이런 결과의 차이 앞에서 사람들은 스스로를 탓한다. 더 노력하지 못해서, 덜 간절해서, 끝까지 버티지 못해서 지금의 자리에 머물러 있다고 믿는다.

하지만 모든 것을 노력으로만 설명할 수는 없다. 인간은 애초에 출발선이 다르다. 잘하는 것이 분명한 사람이 있는가 하면 뚜렷한 강점이 없어 보이는 사람도 있다. 성실함과 의지의 차이일 수도 있고 그저 타고난 성향의 문제일 수도 있다. 여기에 시대의 흐름과 운, 타이밍까지 겹치면 결과는 더욱 예상하기 어렵다. 그럼에도 우리는 흔히 "좋아하는 일을 하라", "끝까지 버티면 된다"는 말도 이런 복잡함을 단순화시키고는 한다.

그래서 질문이 생긴다. 잘하는 일을 해야 할까, 좋아하는 일을 해야 할까. 좋아하는 일을 하면 돈을 벌기 어렵고, 잘하는 일을 하면 마음이 공허할 것 같다는 고민이다. 여기에 대해 나는 쉽게 좋아하는 일을 하라고 등을 떠밀지 않는다. 좋아함만으로 버티기에는 삶은 생각보다 길고 좋아해도 잘되지 않는 경우도 많다. 그 실패를 모두 노력 부족으로 돌리는 것은 지나치게 잔인하다.

사람이 어떤 일에서 성과를 내려면 노력 외에도 많은 조건이 필요하다. 흔히 노력해서 성공했다고 말하는 사람들 역시 바탕에는 여러 요소가 복잡하게 깔려 있었던 경우가 많다. 그래서 나는 현실적인 선택부터 이야기하고 싶다. 만약 지금 뚜렷하게 잘하는 것이 없다면, 우선은 돈을 벌 수 있는 일부터 시작하면 어떨까. 특별하지 않아도 좋고 남들보다 앞서지 않아도 된다. 먹고 살 수 있는 일, 나의 에너지를 전부 소모하지 않는 일이면 충분하다.

중요한 것은 그 과정에서 욕심을 부리지 않는 것이다. 자신의 능력이 감당할 수 있는 범위를 넘어서 욕망이 앞서면 사람은 늘 바쁘고 늘 불안하다. 더 벌고 싶어서 더 많은 일을 손에 쥐고 있지만 결과는 크게 달라지지 않고 마음의 여유만 사라진다. 그러다 보면 좋아하던 것들마저 부담이 되어 놓친다.

기반이 마련되면 그때부터 좋아하는 일을 천천히 붙잡을 수 있다. 좋아하는 일은 생계를 책임질 필요는 없다. 꼭 매일 할 필요도 없고 큰 성과를 바라지 않아도 괜찮다. 사람은 꾸준히 하면 분명 나아진다. 압도적인 재능이 없어도 시간이 쌓이면 언젠가는 기회를 잡을 수 있는 최소한의 상태에 도달한다.

사람마다 시기는 다르다. 누군가는 빠르게 기회를 만나고 누군가는 오랜 시간이 걸린다. 중요한 것은 그 시기가 왔을 때 손을 뻗을 수 있느냐는 것이다. 모든 것을 한 번에 걸었다가 실패하고 포기하는 것보다 삶을 유지하면서 좋아하는 일을 놓지 않는 편이 훨씬 오래간다.

중요한 것은 완벽한 성공이 아니라 어느 정도의 만족이다.

인생에서 모든 것이 마음에 딱 맞게 떨어지는 경우는 거의 없다. 관계도, 일도, 성취도 대부분은 애매한 지점에 머문다. 그럼에도 불구하고 이 정도면 괜찮다고 말할 수 있는 마음 상태를 가지면 삶이 훨씬 덜 고되다.

잘하는 일로 삶을 유지하고, 좋아하는 일을 놓지 않으며, 욕심을 조절하고 시간을 믿는 것. 그렇게 살다 보면 완벽하지는 않지만 충분히 괜찮은 삶에 도달할 수 있다. 모든 것을 다 가지려 하지 않아도 된다. 나에게 맞는 속도로, 나에게 가능한 방식으로 살아가는 것. 그게 좋아하는 일과 잘하는 일을 함께 가져가는 현실적인 방법이라고 생각한다.

나만의
개똥철학

사람들은 흔히 부지런함을 미덕으로 여긴다. 계획을 세워 목표를 정하며 그에 맞춰 하루를 촘촘하게 채워 나가는 삶이 올바른 삶이라고 믿는다. 나 역시 한때는 그렇게 살아야만 하는 줄 알았다. 더 성실하게, 더 계획에 맞춰 생활해야 뒤처지지 않는다고 생각했다. 하지만 살아보니 꼭 그렇지만은 않았다.

우스운 이야기일 수 있지만 나는 어느 순간부터 일부러 게을러지려고 한다. 계획도 최소한으로만 세운다.

"게을러지세요, 계획하지 마세요."

어떤 이들은 이 말을 마치 '삶을 포기하라'는 말처럼 들을 것이다. 하지만 내 말뜻은 그런 게 아니다. 무책임하게, 방종에 빠져 살라는 뜻이 아니다.

인생은 애초에 뜻대로 흘러가지 않는다. 아무리 치밀하게 계획을 세워도 예상하지 못한 변수는 반드시 생긴다. 그때마다 우리는 좌절하고 슬퍼하며 스스로를 탓한다. "이렇게까지 준비했는데 왜 안 되지?"라는 생각은 삶을 더 힘들게 만든다. 뜻을 크게 내면 낼수록 어긋났을 때의 상처도 커진다.

그래서 나는 이런 선택도 나쁘지 않다고 생각한다. 애초에 뜻을 크게 내지 않는 것. 계획을 줄이고 흐름을 받아들이는 것. 아무것도 하지 않아서 이렇게 되었다고 말할 수 있는 삶은 오히려 나를 덜 괴롭힌다. 결과가 좋지 않아도 스스로를 몰아붙이지 않게 된다. "그래, 내가 이 정도로 살았으니 이 정도의 결과도 자연스럽지." 그렇게 받아들일 수 있기 때문이다.

물론 아무것도 하지 않고 사는 것은 불가능하다. 숨 쉬는 것만으로도 삶은 움직인다. 다만 모든 것을 내가 통제하려 들어서는 안 된다. 나는 한때 많은 계획을 세워 이루고 싶은 욕심이 컸다. 그런데 그 과정이 생각보다 힘들었다. 고민은 끝이 없었고 기준은 점점 높아졌으며 스스로를 만족시키는 일은 점점 어려워졌다.

그래서 나는 둘 중 하나를 포기하기로 했다. 더 이루겠다는 욕심 대신, 덜 괴로운 삶을 택했다. 완벽하게 뜻대로 살 수 있는 사람은 없다는 사실을 받아들이고 그 안에서 최대한 편안하게 살아보자는 쪽을 선택했다. 그렇게 방향을 틀고 나니 삶은 조금 느슨해졌지만 마음은 훨씬 가벼워졌다.

지금의 나는 계획 없이 살아도 큰 문제가 생기지 않는 나만의 루틴을 가지고 있다. 해야 할 최소한의 것들은 자연스럽게 몸에 배어 있고 그 위에서 남는 에너지는 쉬거나 좋아하는 데 쓴다. 이 상태가 나에게는 잘 맞는다. 그래서 나는 지금이 꽤 행복하다.

여기서 내가 정말로 말하고 싶은 포인트는 이것이다. 내가 어디에서 행복을 느끼는 사람인지 정확히 아는 것. 그걸 기준으로 삶을 설계하는 것이 중요하다는 이야기다.

누군가는 빡빡한 계획 속에서 안정감을 느끼고 누군가는 여백 속에서 숨을 쉰다. 어느 쪽이 옳고 그른지는 없다. 중요한 것은 나에게 맞는 방식을 찾는 일이다. 그리고 그 방식을 유지할 수 있도록 환경을 조성하는 것이다.

나는 계획 없이 살아서 행복하다. 이것이 나만의 개똥철학이다. 대단한 이론도 아니고 누구에게나 통할 해답도 아니다. 하지만 나를 설득하기에는 충분한 철학이다. 인간에게 가장 중요한 능력은 결국 스스로를 납득시키는 힘이라고 생각한다. 내가 왜 이렇게 사는지, 이 삶이 왜 나에게 괜찮은지 설명할 수 있다면 그 삶은 이미 충분히 의미가 있다.

각자 자기만의 개똥철학 하나쯤은 있어야 한다. 남의 기준이 아니라, 나를 지켜주는 기준. 그 철학이 나를 덜 괴롭게 하고 조금 더 편안하게 만든다면 그것으로 충분하지 않을까.

묵묵히
내 길을 가라

내가 진지하게 무언가를 하려고 마음먹었는데 유독 주변의 말들이 더 크게 들릴 때가 있다. 응원보다 조롱이 먼저 보이고 격려보다 비아냥이 오래 남는다. 신경 쓰지 않으려고 애쓰지만 마음은 자꾸 그쪽으로 끌려간다. 그래서 사람들은 묻는다. 이렇게까지 신경이 쓰이는데, 나는 이제 어떻게 해야 하느냐고.

사실 답은 단순하다. 그냥 묵묵히 가면 된다. 내가 해보고 싶은 것, 내가 진지하게 붙잡고 있는 취미나 목표는 이상하게도 남들에게 쉽게 짓밟힌다. 모두가 박수 쳐주는 꿈을 꾸는 사람은 생각보다 많지 않다. 무언가를 시작하는 순간, 꼭 한두 명은 "그게 되겠냐", "그걸 왜 하냐"라고 묻고, "네가 뭔데"라는 말을 던진다.

나 역시 비슷하다. 지금 하고 있는 일이 제법 잘 굴러가고 있으며 나 역시 만족하고 있지만 여전히 일부 사람들은 나를 가만히 놔두지 않는다. 이미 어느 정도 자리를 잡았다고 해도 누군가는 여전히 깎아내린다. 이럴 때 다들 이런 생각을 하곤 할 것이다.

'사람들은 다 나를 반대하는 것 같아.'

하지만 조금만 가만히 들여다보면, 그 말은 사실이 아니다. 자세히 보면 응원해 주는 사람들은 분명히 있다. 다만 문제는 사람 마음이다. 좋은 말 열 마디보다 나쁜 말 한마디에 훨씬 민감하게 반응한다. 따뜻한 시선보다 차가운 시선이 더 오래 남는다. 그래서 소수의 반대가 마치 전부인 것처럼 느껴진다.

예전에 이런 이야기를 들은 적이 있다. 사람은 특별한 것에 끌린다고. 모두가 같은 모습이라면 아무도 주목받지 못할 것이다. 잘생김도, 예쁨도, 재능도, 개성도 모두 특별하기 때문에 눈에 띈다. 욕을 먹는 이유도 비슷하다. 나를 비난하는 말들이 유독 아프게 느껴지는 이유는 그것들이 특별해서 눈에 띄기 때문이다. 수가 많아서가 아니라 날카로워서 기억에 남는 것이다.

그래서 묻고 싶다.

정말 내 주변에는 나를 응원하는 사람이 하나도 없을까. 조금만 범위를 넓혀 보면, 생각보다 많은 사람들이 타인의 행복을 응원할 준비가 되어 있다. 길을 가다 누군가에게 "저 이걸 해보고 싶은데 응원 한마디만 해주세요"라고 말하면, 의외로 따뜻한 말을 건네는 사람이 더 많다. 세상은 우리가 생각하는 것보다 훨씬 친절하다.

그러니 남들이 정해주는 좋고 나쁨이 아니라, 내가 정하는 기준이 중요하다. 내가 왜 이걸 하고 싶은지, 이게 나에게 어떤 의미인지, 어디까지가 내 한계인지. 그 기준을 스스로 세우고 스스로 점검하며 스스로 수정해 나가는 것. 그 과정이 바로 나의 길이다.

나를 맹목적으로 비난하는 사람들까지 모두 설득할 필요는 없다. 그들을 이해시키지 못했다고 해서 내가 틀렸다고 할 수는 없다. 모든 시선을 끌어안고 가려다 보면 정작 내 발밑의 길을 놓친다. 그래서 때로는 무시하는 것도 필요하다.

묵묵히 나의 길을 가라는 말은, 고집을 부리라는 뜻도 세상과 등을 지고 혼자 싸우라는 말도 아니다. 다만, 나의 가치관과 신념을 함부로 흔들지 말라는 말이다.

내가 나를 믿고 있다면 모든 소음에 반응하지 않아도 된다. 한 걸음씩 가다 보면 어느 순간 응원하는 사람은 남고 그렇지 않은 사람은 멀어진다.

그러니 오늘도 묵묵히 나아가자. 남들이 뭐라고 하든 내가 가야 할 방향을 알고 있다면 충분하다. 세상은 언제나 시끄럽지만 나의 길은 생각보다 조용하게 이어진다.

고집은 있지만
책임 있게

"책임감 있고 고집 있는 아이요."

육아 철학을 묻는 사연도 받아봤다. 아이가 아직 없기는 하지만 내 아이가 어떤 모습으로 자랐으면 하는 생각까지 없지는 않다. 나는 내 아이가 책임감 있으면서 고집 있는 아이였으면 좋겠다. 책임감이 없으면서 고집만 있는 건 그냥 자존심이다. 하지만 책임을 지겠다는 자세로 고집이 있는 것은 신념이라고도 볼 수 있다고 생각한다. 나는 내 아이가 그런 신념 있는 사람이었으면 좋겠다. 어쩌면, 나 역시도 그런 삶을 지향하고 있는지도 모른다.

내 이런 생각에는 아버지가 큰 영향을 미쳤다. 아버지는 나를 키우시면서 항상 선택과 책임을 가르치셨다. 보통의 부모 같으면 학교 가기가 싫다고 하는 아이가 있으면 어떻게든 학교를 가도록 만들었을 것이다. 그러나 아버지는 달랐다.

"아빠, 나 학교 가기 싫어."

"학교에 가기 싫구나. 학교에 안 가도 돼. 대신 이것만 알아둬. 네가 학교를 안 가면 친구들이 너와 함께 놀지 못하니까 친구들과 덜 친해지거나 친구와 멀어질 수도 있고, 나중에 선생님께 혼날 수도 있어. 이걸 다 알고도 가기 싫으면 안 가도 돼. 네가 하고 싶은 걸 해도 책임만 질 수 있으면 안 해도 돼."

아버지는 이렇게 항상 내게 어떤 선택을 할 경우 뒤따라올 일들에 대한 이야기를 해주셨지, 하라 말라 하는 말씀은 하시는 법이 없었다.

그러던 어느 날, 중학교 때였다. 예고 없이 아버지가 내게 전화를 거셨다. 아버지는 아들에게 꼭 해주고 싶은 말이 있어 전화를 걸었다고 하셨다.

"아들, 너는 나중에 꿈이 생길 거야. 하고 싶은 일 말이야. 아빠는 당연히 아들이 했으면 하는 일도 있고 하지 않았으면 하는 일도 있다. 그랬을 때 아빠가 너에게 이 일은 반대한다고 하면 어떻게 하겠니?"

“하지 말아야지. 아빠 말이니깐.”

별생각 없이 던진 말이었는데 뜻밖에도 아버지는 내 대답에 만족하지 않으셨다.

“아빠는 아빠라서 네가 꾸는 꿈을 반대하는 상황이 생길 수도 있어. 나는 내 아들이 했으면 하는 일과 안 했으면 하는 일이 있으니까. 하지만 내 아들이라면 아빠가 반대하더라도 끝까지 꿈을 꿀 수 있는 아이로 컸으면 좋겠어. 본인의 선택으로 꿈을 고르고, 그 꿈에 대한 책임감을 가질 수 있는 그런 아이. 알겠지?”

내 행동에 책임을 질 줄 모르는 사람이라면 그저 잘못을 회피하고 합리화하기에 바쁠 것이다. 그러나 고집에 대한 책임을 지는 자세가 있다면 새로운 것을 받아들이고 더 성장할 수 있을 것이다. 왜냐하면 책임감이라는 것이 사람을 후회하게 하고 잘못을 받아들이고 반성하게 만들기 때문이다.

아버지와의 이 대화는 내가 이후 인생에서 여러 가지 일을 선택하고 결정할 때 큰 영향을 주었다. 나는 아버지가 말씀하셨던 그 길을 내가 걷고자 하고 내 아이 역시도 그런 가르침에 귀를 기울일 줄 아는 사람이 되었으면 한다.

나를
돌아보는 일에 대하여

같은 행동을 하면서도 남에게는 엄격하고 자신에게는 관대한 사람들이 있다. 이중 잣대는 생각보다 일상적이다. 내가 하면 괜찮고, 상대가 하면 문제라고 느끼는 순간들이 그렇다. 이런 태도는 대개 악의에서 비롯되기보다 자기 자신을 정확히 바라보지 못하는 데서 나온다.

나는 어쩔 수 없었다고 정당화하며 상대는 조심했어야 했다고 탓하는 순간, 관계는 틀어진다. 연애에서도 마찬가지다. 내가 했을 때는 실수이고 상대가 했을 때는 잘못이 된다면 그 관계는 오래갈 수 없다.

이중 잣대는 신념과 고집을 구분하지 못하는 데서 생긴다.

내가 나이기 위해 지켜야 할 신념과, 굳이 고수하지 않아도 될 고집은 전혀 다른 것이지만, 나의 사고 회로에 갇힌 내가 이 둘을 스스로 분간하기는 쉽지 않다. 그 순간에는 나는 멋진 신념을 지키는 사람이라고 생각했던 일들도, 시간이 지나 돌아보면 사실은 나는 그저 형편없는 고집쟁이였구나 하고 깨닫게 되는 경우도 많다.

그래서 인간에게는 반성이 필요하다. 하지만 스스로를 돌아볼 기회는 쉽게 찾아오지 않고 반성이 없는 상태에서는 같은 갈등을 반복하게 된다. 많은 사람들은 큰 실패나 이별이 찾아온 다음에야 비로소 자신을 돌아본다. 커다란 충격을 받고 나서야 비로소 "내가 잘못하고 있었구나"라는 인식이 생긴다. 나 역시도 몇 번의 이별 그리고 방송 초기 시청자 분들과의 불협화음을 통해서 스스로를 돌아보게 되었고, 나를 몇 차례 바꿔가면서 살아가고 있다.

반성을 할 줄 아는 사람은 작은 실수에도 스스로를 돌아본다. 그래서 같은 상황에서도 점점 더 나은 선택을 하게 된다. 이들은 남에게 엄격한 기준을 들이대기 전에, 먼저 자신에게 그 기준을 적용한다. 완벽해서가 아니라 계속 점검하고 수정하려는 태도가 있기 때문에 이중 잣대에 덜 빠진다. 그런 태도는 말보다 행동으로 드러나고, 자연스레 신뢰를 얻는 사람이 된다.

반대로 반성할 줄 모르는 사람은 아무리 큰 충격을 받아도 변하지 않는다. 자신의 행동을 끝까지 정당화하고 책임을 외부로 돌린다. 시간이 지나면 그 태도는 그대로 굳어져 나이가 들어서까지도 같은 문제를 반복한다. 흔히 사람은 잘 안 변한다고 말하는데, 정확히 말하자면 반성하지 않는 사람이 변하지 않는 것이다.

그래서 더 나은 인간이 된다는 것은 더 착해지는 것이 아니라, 더 정확해지는 일이다. 내 행동을 과장하지도, 축소하지도 않고 있는 그대로 바라보는 능력. 그 능력은 반성에서 나온다. 한 번씩 무너져 보고 실패를 겪으며 스스로에게 불편한 질문을 던질 수 있을 때 사람은 바뀐다.

자기 사랑은 스스로를 감싸는 데서 끝나지 않는다. 나를 지키기 위해서라도 나는 나를 계속 점검해야 한다. 반성은 나를 벌주는 일이 아니라 나를 더 나은 방향으로 데려가는 과정이다. 그렇게 살아가는 사람만이 결국 이중 잣대에서 벗어나고, 인간관계와 삶에서도 조금씩 더 단단해진다.

성격을 이유로
삼지 않기 위해

내 성격은 완벽하다, 나는 단점이 없다고 말할 수 있는 사람은 거의 없다. 대부분의 사람은 자기 성격의 단점과 취약한 부분을 어느 정도는 알고 있다. 다만 그것을 인정하느냐, 아니면 외면하느냐의 차이만 있을 뿐이다.

타고난 성격은 쉽게 바뀌지 않는다. 아니, 거의 바뀌지 않는다. 조급한 사람은 나이가 들어도 조급하고 불안이 많은 사람은 환경이 바뀌어도 여전히 불안하다. 화가 많은 사람은 세월이 흘러도 여전히 화가 난다. 나이가 든다고 해서 성격이 완전히 뒤집히는 일은 드물다.

그런데도 "나이가 들더니 사람이 많이 변했다"라는

말을 듣고는 한다. 내 생각에 그건 성격이 바뀌어서가 아니라, 통제력을 길렀기 때문이다. 내 성격 가운데 잘못된 부분이 무엇인지 알게 되면 그 성격을 다스리는 방법을 고민하게 된다. 성격에 따라 그때그때 느끼는 감정은 여전히 그대로지만, 감정을 그대로 행동으로 옮기지 않기 위해 머리를 한 번 더 거치게 된다.

나도 예전에는 화가 나면 바로 화를 냈었다. 어렸을 때 화를 냈던 것과 똑같은 상황을 접하면 지금도 화는 난다. 다만 예전과 다른 점은, 화를 분출해 표현했을 때 어떤 결과가 돌아오는지 알고 있다는 것이다. 내가 후회할 것을 알고 상대에게 상처를 줄 것을 알며 관계가 틀어질 것을 알기 때문에 멈춘다. 남들이 보면 성격이 좋아졌다고 말할 수 있다. 하지만 그 사람의 안에서는 여전히 같은 감정이 움직이고 있다. 바뀐 게 아니라 억누르고 있는 것이다.

성격이 완전히 바뀐다면 삶의 고민은 대부분 사라질 것이다. 조급한 사람이 하루아침에 여유로운 사람이 된다면 스트레스도 받지 않고 얼마나 좋을까? 하지만 현실은 그렇지 않다. 그래서 나이가 들수록 성숙해 보이는 사람들은 자신을 잘 아는 동시에 통제력이 뛰어난 사람들이 아닌가 한다.

그들은 자기 성격의 문제점을 정확히 알고 있다.

성격은 바뀌지 않기에 우리는 절제라는 방식을 택한다. 감정은 억누르고 있을 때 가장 순하며 통제할 수 있다. 한 번 터뜨리기 시작하면 감정은 걷잡을 수 없이 커진다. 내뱉기 시작하면 멈추기 어렵고, 끝까지 가야만 진정된다. 어린 시절에는 감정을 분출하는 쪽을 선택한다. 그래서 삐뚤어지기도 한다. 반면 나이가 들수록 선택지는 줄어든다. 참는 쪽을 택할 수밖에 없다. 이 과정이 반복되면 마치 근육 단련을 하듯 스스로의 성격을 통제할 수 있게 된다. 처음에는 힘들지만 반복할수록 조금씩 쉬워진다.

이렇게 보면 사람이 성격이 바뀐다기보다는 조금씩 나아졌다고 말하는 편이 더 정확하다. 완전히 다른 사람이 되는 것은 아니지만, 같은 감정을 예전보다 덜 망치게 다루게 되는 것이다. 그래서 성숙해진 사람은 감정이 없는 사람이 아니라 감정을 관리할 줄 아는 사람이다.

결국 중요한 것은 성격을 바꾸려는 헛된 기대가 아니라 성격을 얼마나 잘 인식하고 통제할 수 있느냐다. 내가 어떤 감정에 취약한지, 어떤 상황에서 문제 행동이 나오는지 아는 것. 그리고 그걸 그대로 내버려두지 않는 것. 그것이 나이를 먹으며 생기는 진짜 변화다.

성격은 바꿀 수 없다. 하지만 통제할 수 있다. 그리고 그 통제는 연습할수록 조금씩 나아진다. 완벽해지지는 않아도, 어제보다 덜 흔들리는 사람이 되는 것. 그것만으로도 충분히 성장이라고 부를 수 있다.

나에게 맞는 사람

연애를 끝낸 뒤에야 비로소 보이는 것들이 있다. 같은 지점에서 반복되던 갈등, 늘 비슷한 방식으로 흘러가던 대화와 그 안에서 드러났던 나의 태도들이다. 이별을 겪고 나서 관계를 돌아보면 상대와 맞지 않았던 부분만큼이나 내 안에 있던 성향도 뚜렷이 알게 된다. 회피했던 순간, 감정이 과했던 순간, 아무렇지 않은 척하며 넘겼지만 사실은 스트레스가 쌓여가던 순간들 말이다.

그래서 나는 이별을 겪으면 충분히 힘들어하며 충분히 반성하라고 말한다. 그래야 다음에는 더 나은 선택을 할 수 있기 때문이다. 지난 연애에서 나를 점검하고 내가 어떤 부분에서 미숙했는지를 돌아보는 태도는 관계를 건강하게 만든다. 누군가를 사랑한다는 건 결국 함께 살아가는 방법을 익히는 일이니까.

하지만 동시에 기억해야 할 것이 있다. 노력과 반성에는 분명히 한계가 있다는 점이다. 연인관계는 둘이 만들어 가는 것이지 나 혼자의 의지로 모든 것을 해낼 수는 없다. 나를 바꾼다고 해서 모든 관계를 유지할 수 있을까? 내가 더 참고 더 이해하며 더 노력하면 결국은 잘될까? 그 '더'가 무한히 쌓인다면 결국은 무너질 수밖에 없다.

사람마다 연애에서 불안해하는 부분과 회피하게 되는 상황은 다르다. 누군가는 음주 문제에 유난히 예민하고 누군가는 이성 친구 문제에서 크게 불안해한다. 대응 방식은 비슷해도 불안을 부르는 조건은 제각각이다. 그렇기 때문에 내가 어떤 상황에서 특히 불안해하며 스트레스를 받는지를 정확히 알아야 한다.

타고난 성격은 완전히 뒤집히지 않는다. 시간이 지나면서 절제력이 늘기는 한다지만 자기 통제가 언제나 성공할 수는 없다. 인간은 완벽한 통제력을 가질 수 없다. 특히 연인관계라는 가까운 사이에서는 더 그렇다. 가까운 거리에서 연인은 당신을 더 자극할 것이며 결국 언젠가 폭발하는 시점이 온다.

그래서 현실적인 선택은 명확하다. 내가 특히 힘들어하는 환경과 상황을 거의 만들지 않는 사람을 만나야 한다. 원인을 제공해 놓고 일방적으로 참길 강요하는 관계는 오래갈 수 없다. 애초에 그 원인을 갖지 않은 사람을 만나거나 그 문제를 조율할 수 있는 관계가 훨씬 건강하다. 이성친구의 음주 문제가 나를 괴롭힌다면 술 문제를 가볍게 여기는 사람과는 처음부터 거리를 두어야 한다. 이성 친구 문제로 강한 불안을 느낀다면 여러 이성 친구와 연락하는 상대와는 처음부터 만나지 말아야 한다. 사람은 자기 자신과 계속 싸워서 이길 수는 없다.

내가 약해서도 아니고 게을러서도 아니다. 사람은 어느 누구나 다른 것은 참아도 이 부분만큼은 감정이 먼저 반응하고 마는 지점이 있다. 이런 성향은 노력으로 조금 누그러뜨릴 수는 있어도 완전히 지울 수는 없다. 그런 의미에서 여러 번의 연애는 귀중한 데이터다. 내가 어디까지 통제할 수 있는지, 어디부터는 통제가 불가능한지를 경험을 통해 배웠기 때문이다. 그래서 이별이라는 기회가 왔을 때

분석할 수 있어야 한다. 이번 사랑이 왜 실패했는지, 갈등의 시작과 끝에서 내가 어떤 선택을 했는지, 무엇을 회피했고 무엇을 과장했는지. 그 과정을 하나씩 되짚을수록 나란 사람과 나에게 맞는 사람의 윤곽을 더 정확히 알게 된다.

좋은 관계란 서로의 약한 부분을 불필요하게 자극하지 않는 관계다. 내가 나를 점검하고 바꾸려는 노력은 필요하지만 그 노력만으로 관계를 유지할 수는 없다. 남는 결론은 단순하다. 안정적인 사람이 되고 싶다면 나를 불안정하게 만드는 사람을 굳이 곁에 두지 말자. 나에게 맞는 사람을 만나는 것이 무엇보다 중요하다.

자신감 있는 사람이
상대를 더 존중한다

자신감 있는 사람은 자신의 생각을 분명히 말하면서도 크게 목소리를 높이지 않는다. 말을 서둘러 덧붙이지도 않는다. 그저 생각을 전달한 뒤 상대의 말을 기다릴 줄 안다. 내 판단에 확신이 없어서가 아니라 그 판단만이 정답일 수는 없다는 것을 알기 때문이다.

살다 보면 같은 상황을 두고도 전혀 다른 선택을 하는 순간이 온다. 나는 A를 해야 맞다고 생각하는데 누군가는 B를 택한다. 어렸을 때는 그 차이를 쉽게 이해하지 못했다. 어느 쪽이 맞는지 정리해야만 할 것 같았지만, 경험이 쌓일수록 점차 알게 되었다. 삶에서는 사실 A도 정답이고

B도 정답일 수 있다는 것을. 각자의 기준과 사정은 모두 다르다는 것을 이해하게 된 것이다.

자신감 있는 사람은 이 단순한 사실을 어렵지 않게 받아들인다. 그래서 대화를 맞고 틀림의 문제로 끌고 가지 않는다. 왜 그렇게 생각했는지, 어떤 이유가 있었는지를 먼저 묻는다. 내 기준에서는 A가 맞지만 저 사람에게는 B가 더 자연스러울 수 있다는 가능성을 잊지 않는다. 이런 여유가 분위기를 바꾼다. 그들은 의견을 유연하게 조정하고 중간 지점을 찾아 문제를 해결하며, 자신의 의견이나 믿음을 바꾸기도 한다.

이와 달리 자신감이 부족하면 틀리면 안 된다는 압박 속에서 판단하고 그 안에서 스스로를 지키려다 보니 생각이 굳어진다. 그래서 겉으로는 조심스러워 보여도 막상 대화에서는 쉽게 물러서지 못한다. 고집은 확신이 아니라 방어에서 나온다.

당당한 태도나 단호한 말투를 사용한다고 해서 자신감이 생기지는 않는다. 자신감은 나를 얼마나 잘 알고 있는지에서 나온다. 여기서 '잘 안다'의 뜻은 자기소개에 쓸 법한 취미나 장점, 단점을 늘어놓는 일이 아니다. 내가 나를 대할 때 어떤 방식이 맞고, 어떤 상황에서 자신을 무리하게 만드는지를 알고 있다는 뜻이다. 말하자면 자기 자신의 사용 설명서를 숙지하고 잇는 상태다.

이 사용 설명서는 저절로 생기지 않는다. 나와의 생활의 수십 년을 한다 한들 스스로를 점검하고 반성하지 않는다면 얻을 수 없다. 내가 무엇을 좋아하고 무엇을 불편해하는지, 특정 상황을 마주했을 때 반복해서 드러내는 감정과 행동 패턴은 대체 무엇을 의미하는지, 삶에서 어떤 선택을 되풀이해 왔으며 왜 늘 그쪽을 택했는지, 앞으로도 비슷한 선택을 하게 된다면 그 이유는 무엇이며 다른 선택을 하게 된다면 그 이유는 무엇일지. 이 정도는 스스로 설명할 수 있어야 한다. 이처럼 자기 자신의 심층을 들여다보았을 때 비로소 자신감이 뿌리내린다. 누군가 내 행동의 이유를 물었을 때 '왜 그랬을까' 하고 뒤늦게 고민하는 것이 아니라, 완벽하지는 않아도 이 방식이 나한테는 맞기 때문에 선택했다고 말할 수 있어야만 한다.

자신감을 기른다는 것은 남들보다 더 옳은 답을 찾는 일이 아니다. 나에게 맞는 답을 찾고 그 답을 선택한 이유를 차분히 이해해 가는 과정이다. 이 과정이 쌓일수록 사람은

더 단단해지면서도 부드러워진다. 그래서 자신감 있는
사람일수록 상대를 더 존중하고 더 잘 이해할 수 있다.

내가 생각하는
발전이란

사람들은 흔히 발전을 이렇게 이해한다. 지금보다 더 잘하려면 더 많이 일해야 하고 더 오래 버텨야 하며 한계라고 느껴지는 지점을 조금 더 넘어야 한다고. 그래서 자신의 역량이 100이라면 발전을 위해서는 120의 힘을 써야 한다고 믿는다. 아마 당장은 성과가 좋아 보일 것이다. 결과도 빠르게 나온다. 하지만 나는 이런 일하는 방식이 과연 발전으로 이어질지 전부터 의문이다.

내가 보기엔 그것은 발전이라기보다 단순히 더 열심히 한 결과일 뿐이다. 120을 써서 120을 얻는 것은 노력의 정직한 대가일 뿐이다. 그렇게 일하면 단기적으로는 성취감을 느낄 수 있고 내가 더 나아졌다고 착각할 수 있겠지만 오래 지속할 수 없는 방식이다. 인간은 기계가 아니기 때문이다. 언제나 120으로 움직일 수는 없고 결국에는 지치거나 무너진다.

나는 일을 하다가 힘들 때 '쉬어야 하나' 하는 질문을 잘 하지 않는 편이다. 대신 내가 지금 욕심을 부리고 있는 건 아닐까를 먼저 돌아본다. 집중이 흐트러지고 일이 버거워질 때 그 원인이 정말 휴식의 부족인지, 아니면 스스로에게 과도한 기준을 들이대고 있는 건지 점검해 본다. 대부분의 경우, 문제는 쉼이 없어서가 아니라 내가 감당할 수 있는 일을 벌이고 있기 때문이다.

내게는 내 노력의 한도인 100이라는 기준을 유지하는 것이 중요하다. 내가 꾸준히 해도 지치지 않고 감정적으로 크게 소모되지 않으며 삶 전체를 무너뜨리지 않는 나만의 기준 말이다. 그 기준을 넘기지 않는 선에서 일의 양을 조절한다. 힘들 때는 일을 멈추기보다 양을 줄인다. 흐름을 끊지 않는 것이 나에게는 훨씬 중요하기 때문이다. 한 번 멈추면 다시 시작하는 데 드는 에너지가 훨씬 크다는 것을 이미 여러 번 경험했기 때문이다.

이런 태도 때문에 나는 일이 힘들어서 쉬어야겠다고

결심하는 일이 좀처럼 없다. 하고 싶은 여행이 있으면 다녀온다. 하고 싶은 운동이 있으면 한다. 하지만 일이 힘드니 균형을 맞춰야지, 힘드니까 쉬어야 한다고 스스로를 설득해 휴식하지는 않는다.

이러다 보니 나는 10년이 넘은 방송 일도 거의 쉬지 않고 일을 해왔다. 어느새 유튜브와 인스타그램을 합쳐 팔로워 수는 50만이 훌쩍 넘었다. 돌이켜 보면 목이 아파도 방송을 하고 심지어 눈을 수술해서 시력이 제 시력이 아니었을 때도 방송했다. 이야기했던 것과 달리 독하게 노력하지 않았느냐고 반문할지도 모르겠다. 그럼에도 내가 번아웃에 크게 시달리지 않았던 이유는 내가 늘 감당할 수 있는 범위 안에서 움직였기 때문이다.

내가 생각하는 발전은 나를 갈아 넣는 방식이 아니라, 같은 힘으로 더 나은 결과를 만들어내는 방향이다. 다시 말해, 에너지를 더 쓰는 것이 아니라 에너지의 사용 방식이 바뀌는 것이다. 내가 정의하는 진짜 발전은 효율이다. 똑같이 100의 힘을 쓰더라도 그 결과가 120이 되는 상태, 이것이 발전이다. 반대로 120의 힘을 써서 120을 얻는 것은 단순한 과로일 뿐이다. 일의 구조를 바꾸지 않고 사고방식을 바꾸지 않은 채 버티는 것은 언젠가 반드시 대가를 치른다.

그래서 나는 한 번씩 점검하고는 한다. 어떻게 더 할까가 아니라 어떻게 덜 나를 소모하지 않으면서 같은 결과를 낼 수 있을까를 질문한다. 이 질문이 쌓이면 자연스럽게 일의 방식이 바뀐다. 불필요한 과정이 줄어들고 반복되는 실수가 줄어들며 같은 시간을 써도 결과가 달라진다. 이것이 내가 오랫동안 일을 계속할 수 있었던 이유다.

내가 생각하는 발전은 나를 혹사시키는 방향이 아니다. 나를 오래 쓰기 위한 방향이다. 오늘만 잘해내는 사람이 아니라 내일도 같은 속도로 걸어갈 수 있는 사람이 되어야 한다. 그게 내가 일을 대하는 방식이고 내가 믿는 발전의 정의다.

3.

곁에
누군가가
있다는 것

날 아프게 하는 것

맨손으로 선인장을 쥐고 있다면, 나를 아프게 하는 건 선인장일까, 아니면 그것을 놓지 않으려는 내 마음일까. 이 질문은 관계에 대해 시간을 들여 생각하도록 한다. 누군가의 말과 태도가 나를 아프게 할 때, 우리는 자연스럽게 상대를 탓한다. 저 사람은 왜 저럴까, 왜 굳이 저렇게 말해야 했을까, 왜 나를 아프게 할까.

그런데 이때 한 번쯤은 선인장의 마음을 떠올려볼 필요가 있다. 선인장의 가시는 누군가를 찌르기 위해 난 것이 아니다. 상처 주는 것이 목적이 아니라, 살아남기 위한 방식이다. 건조한 환경에서 자신을 지키기 위해, 더 이상 다치지 않기 위해 선인장은 가시를 선택했을 뿐이다.

그래서 선인장을 쥐었을 때 아프다면, 그 아픔을 '공격'이라고 단정할 수 있을까.

선인장이 나를 해치려 하지 않았듯, 인간관계도 그런 것일지도 모른다. 상대가 나를 해치려고 해서가 아니라, 그 사람이 자기 자신을 지키는 방식과 내가 다가가는 방식이 맞지 않았기 때문에 생긴 아픔이 생겼는지도 모른다.

이 세상에 정말 나쁜 사람은 얼마나 될까. 생각해보면 그렇게 많지 않다. 대부분의 사람은 누군가를 망가뜨리기 위해 살아가지 않는다. 다만 각자가 살아온 환경이 다르고 각자가 선택한 방어 방식이 다를 뿐이다. 그 과정에서 우리는 서로에게 상처를 입히고 입고는 한다.

어떤 사람은 말이 날카롭고, 어떤 사람은 멀리 떨어져 거리감을 유지하며, 어떤 사람은 쉽게 마음을 닫는다. 그것이 상대를 아프게 할 수는 있지만 반드시 누군가를 해치기 위해 만들어진 가시는 아니다. 대부분은 그 사람이 그동안 살아오며 어쩔 수 없이 만들어 온 보호막이다.

그럼에도 불구하고 내가 사람을 상대하면서 계속 아프고 상처 입는다면 그때는 질문을 바꿔야 한다. '대체 나는 왜 이러고 있을까?'로 질문을 바꿔야 한다. 상대의 가시는 쉽게 바뀌지 않는다. 선인장이 하루아침에 부드러운 꽃이 되지 않는 것처럼, 사람의 방어 방식도 어느 날 갑자기 사라지지 않는다. 그렇다면 내가 할 수 있는 선택은 두 가지다. 계속 쥐고 아파할 것인지, 아니면 거리를 조정하거나 손을 놓을 것인지.

여기서 중요한 것은 아픔의 책임을 모두 상대에게 넘기지 않는 일이다. 선인장이 가시를 가지고 있다는 사실을 알면서도 계속 맨손으로 움켜쥔다면 그 고통에는 나의 선택도 포함되어 있다. 내 아픔의 원인이 나라는 점을 인정하는 게 어쩌면 잔인한 일일지도 모른다. 때로는 사실보다는 달콤한 거짓이 나을 때도 있으니까.

상대에게 아무 잘못이 없다며 일방적으로 옹호하는 이야기가 아니다. 아픔을 참고 견디라는 말도 아니다. 다만, 누군가를 나쁜 사람으로 단정하기 전에 그 사람이 왜 그런 방식으로 살아왔는지를 한 번쯤은 생각해보자는 이야기다.

그리고 동시에, 그 가시 앞에서 내가 나 자신을 어떻게 지켜야 하는지도 함께 고민해보자는 이야기다. 관계는 언제나 양쪽의 마음이 닿는 자리에서 만들어진다. 아픔 역시 마찬가지다. 누군가는 가시를 가지고 있고 누군가는 그것을 손으로 움켜쥔다. 이 아픔은 누구 하나만의 잘못이라고 말하기 어렵다.

누구 하나만의 잘못이 아니라면, 내 삶에 더 도움이 되는 해석을 받아들이는게 좋지 않을까. 내 아픔의 원인이 내게도 있다는 사실을 외면하면 언젠가 나는 또 같은 잘못을 저지른다. 얄궂게도, 나라는 사람은 내 인생과 삶에 계속 영향을 주는 유일한 단 한 사람이다. 그러니까 나를 고통스럽게 하는 사람에게 모든 책임을 전가해 버리고, 아니면 얄궂은 운명에 대해 한탄하고 있다 해도 나아질 건 하나도 없다. 그래서 나는 인간관계에서 아픔을 느낄 때면 언제나 내 탓을 먼저 하고는 한다.

나를 아프게 하는 것이 무엇인지 알게 되는 순간, 나는 비로소 나를 지킬 수 있는 선택을 할 수 있게 된다. 그 선택이 거리를 두는 것이든, 손을 놓는 것이든, 혹은 다른 방식으로 다가가는 것이든 말이다. 그렇게 우리는 조금씩 남을 이해하면서도 나를 버리지 않는 법을 배워간다.

누군가를
위로하고 싶을 때

우리는 종종 위로와 응원을 '말'로 해야만 한다고 이해한다. 어떤 상황에서는 어떤 말을 해야 하는지, 이럴 때는 어떤 문장이 적절한지 고민한다. 그래서 위로가 필요할 때면 멋들어진 문장이나 힘이 되는 명언을 떠올리려 애쓴다. 하지만 정말로 누군가를 위로할 때 가장 중요한 것은 의외로 말이 아닐지도 모른다.

위로와 응원이 가진 진짜 의미를 한 번쯤은 다시 생각해볼 필요가 있다. 상대의 아픔을 전부 이해하지 못한다는 사실을 인정하는 것, 그리고 그 한계를 솔직하게 받아들이는 것. "지금 네가 얼마나 힘든지 나는 다 알 수 없다"라고 말할 수 있는 용기. 어쩌면 그 태도에서부터 진정한 위로는 시작된다.

사람이 힘들 때는 위로조차도 그에게 상처를 입힌다. "괜찮아질 거야", "다 잘될 거야" 같은 말이 때로는 공허하게 들린다. 그 말이 틀렸기 때문이 아니라, 아직 괜찮아질 준비가 되지 않은 사람에게는 너무 먼 이야기처럼 느껴지기 때문이다. 듣는 사람도 머리로는 알면서도 받아들이지 못하는 것이다.

그래서 어떤 순간에는 차라리 이렇게 말해주는 편이 낫다.

"나는 지금 네가 겪는 이 고통을 다 이해하지 못한다. 어떤 말을 해야 할지도 잘 모르겠다. 다만 네가 힘들어서 누군가가 필요할 때, 언제든 돌아올 수 있는 자리에 내가 있겠다는 것만은 분명하다."

어떤 결과를 맞이하든, 나는 네 편이라는 선언. 잘해도 응원하고, 못해도 떠나지 않겠다는 약속이다. 진정한 위로는 상대를 일으켜 세우는 말이 아니라, 넘어져도 혼자가 아니라는 사실을 알려주는 태도다. 당장 해결책을 주지 않아도, 방향을 제시하지 않아도 괜찮다. 그 사람이 다시 걸을 힘을 회복할 때까지 옆에 머무는 일. 그것만으로도 충분한 위로가 된다. 사람에게는 돌아올 수 있는 곳이 있다는 감각이 필요하다. 실패해도, 무너져도, 잠시 쉬어도 괜찮은 자리. 아무 설명 없이도 머물 수 있는 공간이 있다는 사실은 다시 일어설 수 있는 힘이 된다.

이처럼 위로를 잘한다는 것은 말을 잘하는 능력이 아니다. 상대의 고통 앞에서 서두르지 않는 마음, 이해하지 못하는 영역을 함부로 판단하지 않는 태도, 그리고 떠나지 않겠다는 조용한 일관성이다.

누군가를 위로하고 싶다면 무엇을 말해야 할지보다 어떤 사람이 되어줄 수 있을지를 먼저 생각해보자. 말보다 오래 남는 것은 결국 사람이기 때문이다.

너무 오래 끌지 않기,
너무 노력하지 말기

"손절해요!"

처음부터 그렇지는 않았겠지만, 언젠가부터 삶에 나쁜 영향만을 끼치는 관계가 있다. 예를 들어, 만나고 나서 집에 돌아오면 온통 에너지를 빼앗긴 느낌이 드는 사람, 만나기 전부터 약속이 부담스러운 사람, 만나서 상대의 하소연만 듣다 돌아올 것이 확실한 사람.

이유가 무엇이든 관계를 정리하는 건 쉽지 않다. 오랫동안 알고 지낸 사이일 수도 있고, 정도 들었을 것이며 추억도 있을 것이다. 하지만 중요한 것은 현재다. 지금의 나에게 계속해서 관계가 악영향만을 끼치고 있다면 주저 없이 관계를 끊을 줄도 알아야 한다.

물론 관계에서 조금이라도 손해가 보이면 바로 모른 척하라는 말도 아니고, 조금도 노력하지 않고 관계를 끝내라는 말도 아니다. 너무 과도하지 않은, 적당한 노력을 하고 관계를 끝낼 줄 아는 것이 중요하다.

언제나 그렇듯 '적당한'이라는 말이 가장 어렵다. 안 될 관계에서 지나치게 노력하는 것은 스스로에게 좋지 않다. 인간에게는 보상 심리가 있어서 노력을 하면 결과를 원한다. 관계에서 노력을 한 사람은 상대의 모습이 변하는 것을 보고 싶어 한다. 조금이라도 나아지는 것 같으면 당장 내가 견디기 힘들어도 희망을 품고 그 사람을 기다린다. 그리고 이 마음 때문에 나아질 것 없는 관계에서 끊질 못하고 계속해서 고통받게 된다.

이것은 투자 심리와도 비슷하다. 투자금을 조금 잃은 사람은 털고 나가서 다른 곳에 투자할 수 있다. 그러나 투자금을 한곳에 집중해 투자하고서 손실을 입은 사람은 쉽사리 다른 곳에 투자할 생각을 하지 못하고 그 투자처에 매달린다. 금전을 늘리기 위한 투자였을 뿐인데 관련 기사만 보면 경영진을 물어뜯고 댓글에서 해당 투자처의

평판을 깎아내리는 사람들에게 으르렁댄다. 보상 심리 때문에 포기하질 못하게 되지만, 계속해서 정서적으로도 재정적으로도 손해를 입게 되어 있다. 지금까지 입은 손해를 아까워하다 더욱 더 큰 손해를 입고 마는 것이다.

안 될 관계를 오래 붙잡고 있는 것은 역설적이지만 그 관계에도 좋지 못하다. 가능성이 낮기는 하지만 언젠가 그 사람이 뒤늦게라도 깨닫고 나아질 가능성이 있다. 그때가 되면 그는 먼저 당신을 찾아와 사과를 할 것이다. 먼저 지나친 노력을 쏟아부은 사람은 이 사과를 받아줄 수 없다. 왜냐면 너무 오랜 기간 노력하면서 상처를 너무도 많이 입었기 때문이다. 그 사람이 정말로 변했다고 해도, 그것을 믿지 못할 정도로 강한 선입견이 나에게 뿌리내리고 말았기 때문이다. 만약 적당한 노력을 한 뒤 관계를 끝냈다면, 그 사람이 정말로 나아진 모습으로 내 앞에 나타났을 때, 사과를 받아줄 수 있는 정도의 마음은 남아 있을 것이다.

그래서 적당함이 중요하다. 적당한 노력이 관계에서 나와 상대를 모두 지켜줄 수 있다. 사람은 모든 것을 해낼 수 없다. 그러니 너무 노력하지 말고, 남을 위해 나를 너덜너덜하게 만들 필요도 없다.

진정으로 이해하는 방법

사람을 대하다 보면 마음이 불편한 순간이 있다. 나는 내 기준을 지키고 있다고 생각하는데, 상대의 말과 행동은 계속해서 나를 건드린다. 참다못한 나는 상대에게는 최소한의 존중조차 없다는 생각에 미친다.

사람마다 사고방식과 습관 등은 천차만별이다. 어떤 사람에게는 아무렇지 않은 말이 다른 사람에게는 상처가 된다. 누군가는 조언이라고 말하지만 누군가는 평가로 받아들인다. 이런 차이는 일상에서 반복된다. 어떤 사람은 내가 원래 하던 것들을 늘 아쉬워하고, 틀렸다고 말하며 하지 말라고 이야기한다.

그 관계 안에서 괴로운 건 나만이 아니다. 상대 역시 스트레스를 받는다. 자신의 기준에 맞지 않는 나를 계속 보고 있으니까. 어쩌면 그 사람도 나에게 이미 많은 것을 양보하고 맞춰주고 있을 수도 있다. 내 기준에는 미치지 못하지만 상대에게는 그만큼 힘겨운 노력을 하고 있을 수도 있다. 거꾸로 상대의 입장에선 나 역시 그에게 부담과 스트레스를 주는 사람일 수도 있다. 관계를 위한 노력이 부족한 사람일 수도 있다. 그렇다면 이 관계는 누군가의 악의 때문이 아니라 서로 다른 기준이 계속 충돌해서 괴로운 것이다. 이렇듯 관계라는 것은 언제나 상대적이며, 객관적인 잘잘못을 따져보았자 큰 의미는 없다.

문제는 내가 불편함을 느끼고 있으면서도 이 관계를 놓지 못한다는 데 있다. 이 지점부터 고통은 나에게서 비롯된다. 그래서 누가 틀렸느냐 하는 질문이 아니라, 나는 왜 이 관계를 계속 버티고 있는가 하는 질문을 던져야 한다.

내가 참고 맞추면 상대도 참고 맞춰준다. 내가 시간을 내면 상대도 시간을 낸다. 이렇게 서로의 희생이 오갈 때 관계는 유지된다. 그렇지 않고 한쪽만 계속해서 양보하고 희생하는 관계는 건강하다고 말하기는 어렵다. 이때는 상대를 더 이해하려 애쓰는 것이 아니라 이 관계에서 나의 선택을 다시 바라보는 일을 해야 한다. 상대를 이해한다는 것은 그 사람의 행동을 정당화하는 일이 아니다. 그 사람이 왜 그렇게 행동하는지를 알되 내가 어디까지 감당할 수 있는지를 분명히 하는 일이다.

나의 중심이 바로 서야 상대의 행동을 이해하고 받아들일지 말지를 결정할 수 있다. 남에게 그저 휘둘리는 삶을 사는 것이 아니라, 나의 가치 기준과 좋고 싫음에 따라 관계 안에서 스스로를 붙잡을 수 있어야 한다. 나는 왜 이 관계를 놓지 못하는지, 무엇을 기대하고 있는지, 어디까지가 나의 한계인지. 그 질문에 답할 수 있을 때 상대를 향한 분노도 조금은 누그러진다. 감정을 걷어내고 스스로를 더 깊이 이해한다면, 나와 더 잘 맞는 이들과 함께 좋은 인간관계를 만들어 나갈 수 있게 된다.

이해는 언제나 나를 위한 것이어야 한다. 상대를 바꾸기 위한 이해가 아니라 나를 더 소모시키지 않기 위한 이해. 그 선을 분명히 할 수 있을 때 나는 비로소 나를 괴롭히는 남으로부터 한 걸음 떨어질 수 있다. 완전히 멀어지지 않더라도 최소한 나 자신을 잃지 않은 채로 관계를 바라볼 수 있게 된다.

쉬운 사람이란

사람들은 묻고는 한다.

"쉬운 사람은 어떤 사람인가요?"

인간관계와 연애에서 겪은 상처가 묻어 나는 질문이다. 쉽게 대했던 사람, 쉽게 휘둘렀던 순간, 그리고 뒤늦게 남은 허탈함. 나는 이 질문에 이렇게 답하고 싶다. 쉬운 사람이란 타인에게 만만한 사람이 아니라, 자기 자신에게 기준이 없는 사람이라고.

내가 생각하는 쉬운 사람은 가치관이나 줏대가 또렷하지 않은 사람이다. 무엇을 중요하게 여기는지, 어디까지는 괜찮고 어디부터는 아닌지 스스로 정리되어 있지 않은 사람.

그런 사람은 상황과 사람에 따라 쉽게 흔들린다. 어제는 싫다고 느꼈던 일을 오늘은 사랑이라는 이유로 받아들이고 분명 불편했는데도 외롭다는 감정 하나에 모든 기준을 내려놓는다.

가치관이 분명하지 않으면 감정이 그 자리를 대신 차지한다. 그리고 감정은 생각보다 매우 나약하고 간사하다. 순간의 외로움, 서운함, 설렘, 두려움 같은 것들은 언제든 판단을 흐리게 만든다. 감정은 지금 이 순간만 크게 보여주지, 그 선택이 나를 어디로 데려갈지는 알려주지 않는다. 그래서 감정만 따라 움직이는 사람은 쉽게 관계에 끌려다니게 된다.

여기서 말하는 가치관은 거창한 철학이 아니다. 나답게 산다는 말이 막연하게 들릴 때가 많지만, 사실 그것은 아주 사소한 선택들에서 드러난다. 어떤 관계가 나를 편안하게 만드는지, 어떤 말과 행동 앞에서 나는 반복해서 상처받는지, 무엇을 참으면 나 자신이 조금씩 무너지는지. 이런 것들을 스스로 알고 인정하는 것이 바로 나만의 기준이 된다. 남들이 뭐라 하든 유행이 어떻든 내 마음이 어디에서 자주 다치는지를 아는 사람은 쉽게 흔들리지 않는다.

반대로 자신의 기준이 없는 사람은 늘 상대의 기준에 맞춰 움직인다. 상대가 아쉬워하면 미안해하고 상대가 불평하면 내가 틀린 것 같다. 그러다 보면 관계 안에서 점점 쉬운 사람이 된다. 상대의 말 한마디, 태도 하나에 감정이 출렁이고 그 감정에 이끌린 선택을 되풀이한다.

그래서 가치관을 분명히 하는 것 외에도 감정에 휘둘리지 않는 연습을 해야 한다. 감정을 느끼지 말라는 말이 아니다. 감정을 모르는 척 억누르라는 뜻도 아니다. 오히려 그 반대다. 감정에 이름을 붙일 줄 아는 사람이 감정에 덜 휘둘린다. 화가 난 것 같지만 사실은 서운함일 수도 있고, 설렘인 줄 알았지만 외로움일 수도 있다. 이렇게 감정을 정확히 바라보면 그 감정이 나에게 무엇을 요구하는지 분별할 수 있다.

감정을 알아차리지 못하면 감정이 나를 끌고 간다. 하지만 감정을 인식하면 나는 그 감정을 하나의 신호로 다룰 수 있다. 지금 내가 외로운 건지, 지친 건지, 인정받고 싶은 건지. 감정이 시키는 대로 행동하는 것이 아니라, 가치관이 방향을 정하고 감정은 참고 자료로 남는다.

결국 쉬운 사람이 되지 않겠다며 남들에게 차갑게 대하는 사람이 있다면 문제의 본질을 보지 못하는 것이다. 남을 신경 쓸 것이 아니라 나 자신을 더 잘 알고 나 자신에게 더 솔직하게 굴어야 한다. 자기 가치관이 분명한 사람은 쉽게 흔들리지 않는다. 그래서 연애에서도, 인간관계에서도 덜 다치고 덜 후회한다. 쉬운 사람이 되지 않는다는 것은 누군가를 밀어내는 일이 아니라, 나를 더 분명히 아는 일에서 시작한다.

모난 돌이어도 괜찮다

사람들은 자신의 취향과 개성을 뚜렷이 드러내기를 망설인다. 그렇게 말하고 행동하면 누군가 나를 싫어하지 않을까, 너무 튀는 사람으로 보이지 않을까, 결국 혼자가 되지는 않을까 하는 두려움이 앞서기 때문이다. 그래서 많은 사람들이 조금씩 자신을 깎고 다듬어 모두에게 무난한 사람이 되려고 애쓴다. 모나지 않게, 거슬리지 않게, 어디에 두어도 문제없는 사람이 되기 위해서다.

하지만 인간관계에서 모두에게 사랑받는 사람은 사실 존재하지 않는다. 오히려 호불호가 분명하지 않은 흐릿한 사람일수록 관계는 얕아지기 쉽다. 누구에게나 적당히 좋은 사람은 될 수 있어도 누군가에게 특별한 사람이 되기는 어렵다. 반대로 취향과 기준이 분명한 사람은 처음에는 호불호가 갈릴 수 있지만 그만큼 누군가와는 강한 유대를 형성한다.

호불호가 분명하다는 말은 달리 말하면 내가 어떤 사람인지 분명하다는 뜻이다. 스스로 무엇을 좋아하고 무엇을 불편해하며 어떤 관계를 원하면서 어떤 사고방식은 견디기 어려운지를 알고 있다는 의미다. 이런 사람은 자연스레 잘 맞는 사람과 그렇지 않은 사람이 나뉜다. 모두에게 열려 있지는 않지만 대신 남는 사람들과의 관계는 훨씬 깊다.

나는 친구가 많은 편은 아니다. 대신 오래 함께할 수 있는 몇 명의 친구가 있다. 우리가 서로의 기준과 성향을 분명히 알고 받아들인 결과다. 이런 관계는 쉽게 생기지 않지만 한 번 생기면 쉽게 무너지지도 않는다. 그래서 흔히 말하는 진짜 친구 한두 명만 있어도 인생은 충분하다는 말에 깊이 공감한다.

자신을 흐릿하게 만드는 선택은 스스로를 끊임없이 소모시킨다. 모두에게 맞추기 위해 기준을 낮추고 싫은 것을 참으며 하고 싶지 않은 일을 반복하다 보면 인간관계의 폭은 넓어진다 해도 내 에너지는 빠르게 고갈된다. 그렇게 형성된 관계일수록 상대는 정작 내가 어떤 사람인지 잘 모른다. 그러면 관계는 겉으로는 편해 보이지만 그 이상으로는 발전할 수 없다.

이 지점에서 필요한 태도는 솔직함이다. 내 취향과 개성, 의견과 생각을 솔직히 말한다 해서 남을 공격하거나 무례를 범하는 것은 아니다. 싫은 것을 싫다고 말하고 가능한 것과 불가능한 것을 분명히 구분해야 한다.

거절을 잘 못하는 사람들을 떠올려보자. 거절하면 나쁜 사람이 되는 것 같고 관계가 틀어질까 봐 두렵다. 하지만 거절은 잘못이 아니라 의사 표현이다. 부탁이란 것 자체가 애초에 거절당할 가능성을 포함하고 있다. 합당한 거절을 받아들이지 못하는 관계는 건강하다고 보기 어렵다. 거절하지 못하고 모든 부탁을 받아들이면 관계는 오히려 왜곡된다. 상대는 '이렇게 해도 괜찮구나'라고 여기고 나는 갈수록 부담을 느낀다. 그러다 어느 순간 스스로를 피해자라고 느끼며 폭발한다. 하지만 그 과정 역시 내가 선택한 결과다. 내 생각과 의견을 제대로 상대에게 이야기한 적이 없기 때문이다.

솔직하게 말하는 사람은 처음에는 차갑게 보일 수 있다. 하지만 시간이 지날수록 인간관계는 정돈된다. 나를 불편하게 하는 사람들과는 자연스럽게 거리가 생기고 나의 솔직함을 이해하고 존중하는 사람들만 곁에 남는다. 그 사람들은 내가 무엇을 좋아하고 싫어하는지 알고 있기 때문에 불필요한 오해가 줄어든다.

인간은 모두에게 같은 대우를 받기보다는 특별한 존재가 되기를 원한다. 모든 사람에게 똑같이 에너지를 쓰는 관계에서는 그 특별함이 생기기 어렵다. 그래서 더더욱 중요한 것은 에너지를 쓰는 방향이다. 모든 관계에 동일한 정성을 쏟으려 하지 말고 나에게 소중한 사람들에게 더 많은 에너지를 사용해야 한다. 싫어하는 것도, 배려도, 감정도 그 사람들에게 집중하는 편이 관계를 훨씬 깊게 만든다.

모난 돌이어도 괜찮다. 모두에게 쓰임새 있는 자갈이 되려고 애쓰지 않아도 된다. 나의 모서리와 결이 드러날수록 나를 진짜로 좋아할 사람들은 오히려 더 모여든다. 인간관계에서 가장 중요한 것은 나를 숨기지 않는 것이다. 솔직하게 나를 드러내고 그 위에서 남는 관계를 소중히 여길 줄 아는 것. 그렇게 살아갈 때 관계는 줄어들지언정, 내 삶은 훨씬 단단해진다.

좋은 친구란

어떤 사람은 좋은 친구를 사귀기 위해 스스로를 꾸민다. '더 훌륭한 나'인 것처럼 스스로를 꾸미고 그 모습으로 '더 좋은 친구'를 만나 사귀려 한다. 여러 가지 이유가 있겠지만 아마도 주된 이유는 좋은 친구가 삶에서 성장을 이끌어준다고 믿기 때문일 것이다. 내일의 나는 오늘의 나와 다른, 더 나은 내가 되고 싶고 변하고 싶다. 그래서 그 변화를 이끌어 줄 수 있을 법한, '내가 생각하는 나'와는 다른 사람들을 주변에 두려고 노력하는 것이 아닌가 싶다.

성장을 바라는 마음이야 나무랄 데가 없다. 그러나 이렇게 만난 친구는 편안한 사이일 수가 없다. 어딘가 어색한 연기를 해야 하고, 무리를 해야 한다. 연기도 여유가 있어야 할 수 있다. 삶에 여유가 없을 때가 찾아왔을 때 성장을 꿈꾸며 곁에 둔 다와 다른 친구들에게 내가 얼마나 잘 맞춰줄 수 있을까? 정작 내가 힘들 때 어디에도 의지할 데가 없어 힘들지 않을까? 그런 삶을 계속해 나갈 수 있을까?

나는 그래서 좋은 친구란 '편안한 사람'이라고 생각한다. 나와 파장이 맞는 사람, 나와 결이 맞아 그래서 편안한 사람. 끼리끼리 잘 만난 친구, 그게 좋은 친구라고 생각한다. 삶을 살다 보면 뜻대로 되지 않는 일이 많다. 그것들을 모두 내가 원하는 방향으로 돌려놓을 수 있으면 좋겠지만 사실 극복하고 이겨낼 수 없는 일들이 더 많다. 상황을 바꿀 수 없다면 결국에는 내가 참아야만 한다. 삶에서 참아야만 하는 것들은 언제나 있고, 어떤 때는 유독 더 많이 그런 것들이 쌓여가는 때가 있다. 그런데 곁에서 함께 지낼 사람들까지 내가 참아야만 하는 사람들로 채워야 할 필요가 있을까? 나라면 조금이라도 화를 덜 낼 수 있는 환경, 조금이라도 편할 수 있는 환경을 만들어갈 것 같다. 그래서 나는 좋은 친구에게서 편안함을 찾는다.

편안하면서도 서로 기본적인 예의를 지킬 수 있고,

예의를 지키면서도 편안한 좋은 친구를 사귀려면 나의 진심을 드러내며 인간관계를 시작해야만 한다. 어떤 사람과 의도적으로 가까워지고 싶어 나를 꾸미고 연기한다면 상대도 무의식적으로 깨닫게 되어 있다. 픽션은 논픽션을 넘을 수 없으며 상대도 나에게 불편함을 느끼고 진심을 드러내지 않는다. 오래 지속하기도 어렵고 진정성이 생겨나기도 어렵다.

내가 나를 그대로 온전히 드러내되, 예의와 존중을 담아 상대를 대해보자. 나의 본모습과 결이 맞는 사람이 자연스레 다가온다. 사람 가운데 나에게 도움이 될 사람, 좋고 나쁜 옥석을 가려낸다기보다는 나와 잘 맞는 사람, 서로가 서로와 파장이 맞으면서 서로를 편안하고 좋다고 느낄 수 있는, 나와 일치할 수 있는 사람을 찾으면 무엇과도 바꿀 수 있는 소중한 인연이 되는 것이 아닐까.

관계에서
반성이 필요한 순간

연애 이야기를 하다 보면 자주 듣는 말이 있다.

"나는 최선을 다했기 때문에 후회는 없어."

이 말을 들을 때마다 나는 마음이 조금 복잡하다. 노력했다는 사실을 부정하고 싶지는 않다. 사랑에서 최선을 다했다는 말은 분명 아름답다. 상대를 위해 애썼고, 나름의 방식으로 성의를 다했다는 뜻이니까. 하지만 나는 이렇게 묻고 싶다. 왜 최선을 다했으면 후회가 없어야 할까. 최선이라는 것은 어디까지나 나의 기준이지, 상대의 기준은 아니다. 내가 보기엔 충분했지만 상대에게는 부족했을 수 있다. 그 차이에서 관계의 균열이 생긴다.

연애도, 보통의 인간관계도 혼자서 만들어 가는 것이 아니다. 혼자만의 만족은 별 의미가 없다. 관계에서는 늘 어긋남이 생기며 그 어긋남을 마주했을 때 필요한 태도가 바로 반성이다.

"그때의 나는 최선이었어."

이 말은 아마도 사실일 것이다. 하지만 동시에 이런 말도 할 수 있어야만 한다.

"지금의 나는, 그때보다 더 나은 최선을 다할 수 있어."

이런 변화는 저절로 일어날 수 없다. 실패했던 경험, 부족했던 순간, 상대를 아프게 했던 말과 행동들을 되돌아보아야만 할 수 있다. 반성 없는 성장은 없고, 이는 인간관계에서도 마찬가지다.

오히려 최선을 다했음에도 후회가 남는 경험들이 나를 많이 바꿨다. 그때는 몰랐던 상대의 기준을 뒤늦게 이해하게 되었고 나의 말버릇이나 태도가 누군가에게 어떤 상처가 되었는지도 알게 되었다. 그 깨달음들이 쌓여서 다음 관계에서는 조금 더 조심하게 되고 조금 더 물으며 조금 더 들으려 했다.

그래서 나는 "최선을 다했으니 후회는 없다"라는 말이 이렇게 들리고는 한다.

"다음에도 나는 똑같이 이 정도만 할 거야."

물론 그런 의도가 아닐 수도 있다. 하지만 이런 말을 되뇌고 있어서는 더 나아질 가능성은 줄어든다. 관계는 늘 상대와 함께 만들어 가는 것이기에, 그 안에서의 '최선'은 내가 섣불리 판단할 수도는 없다.

끊임없는 반성은 자신을 괴롭히기 위한 것이 아니다. 나를 무너뜨리기 위한 자책과는 다르다. 반성은 내가 틀렸다는 것을 확인하려는 활동이 아니라 다음에는 다르게 할 수 있다는 가능성을 전제로 한다. 그래서 건강한 반성은 오히려 자존감을 지킨다. 나는 부족했지만 그래서 더 나아질 수 있다는 믿음을 남기기 때문이다.

연애든 우정이든, 오래가는 관계를 보면 공통점이 있다. 서로가 완벽해서가 아니라 자주 돌아보고 자주 고쳐 나간다는 점이다. 말 한마디, 행동 하나를 두고 나는 원래 이런 사람이라고 고집하기보다, "이게 너에게는 그렇게 느껴졌구나"라고 받아들이는 태도. 그 태도가 관계를 살린다.

최선을 다하는 것과 반성하는 것은 반대가 아니다. 오히려 함께 가야 한다. 최선을 다했기 때문에 더 돌아볼 수 있어야 한다. 그래야 다음의 사랑이, 다음의 관계가 조금 더 나아진다. 관계에서의 성장은 늘 그렇게 이루어진다. 완벽함이 아니라 끊임없는 반성 위에서.

자연스러운 선입견

"나를 제대로 알지도 못하면서 왜 저렇게 말할까."

사람들은 타인의 시선 때문에 스트레스를 받고는 한다. 누군가 나를 오해하고 있는 것 같을 때, 내 일부만 보고 전부를 판단하는 것 같을 때 마음이 상한다. 그래서 우리는 쉽게 말한다. 단편적인 정보로 사람을 평가하는 건 잘못된 일이며 선입견은 나쁘다고.

틀린 말은 아니다. 일부만으로 전체를 단정하는 평가는 분명 온전하지 않다. 한 장면, 한 가지 특징, 한 번의 실수로 그 사람의 전부를 설명할 수는 없다. 누구도 그렇게 단순하지 않다. 그렇기 때문에 우리는 스스로에게도, 타인에게도 함부로 판단하지 말자고 말한다.

하지만 여기서 한 걸음 더 들어가 보면, 이 문제를 선과 악의 구도로 나누는 순간 오히려 삶은 더 피곤해진다. 누군가를 일부만 보고 판단하는 행위를 무조건 나쁘다고 규정해 버리면, 우리는 사회 속에서 숨 쉬듯 일어나는 수많은 평가 앞에서 계속 상처받는다.

사람은 언제나 제한된 정보 안에서 판단한다. 첫인상, 말투, 옷차림, 학력, 직업 같은 단편적인 요소들로 상대를 가늠한다. 모든 사람을 깊이 알아갈 시간과 여유가 없는 사회인 만큼 인간은 어쩔 수 없이 빠른 판단을 선택한다. 학벌, 외모, 나이, 말투 같은 것들이 평가의 기준이 되는 이유도 여기에 있다. 그 기준들이 공정하냐고 묻는다면 고개를 갸웃할 수밖에 없다. 하지만 실제로 사람들은 그런 기준으로 세상을 바라본다. 아이러니하게도 우리는 한편으로는 사람을 그렇게 보면 안 된다고 말하면서, 다른 한편으로는 첫인상이 중요하다고 말한다. 이 모순은 사회생활하는 인간이라면 누구나 겪을 수밖에 없다.

그래서 누군가 나를 단편적인 정보로 평가할 때 그 행위를 옳다거나 나쁘다고 재단하는 데 에너지를 쓰기보다 이렇게 생각하는 편이 낫다.

'아, 저 사람은 지금 내가 보여준 일부만으로 나를 판단하고 있구나.'

그것이 사회의 자연스러운 작동 방식이라는 사실을 받아들이는 것이다. 이 인식만으로도 불필요한 분노와 자책은 많이 줄어든다.

중요한 건 그다음이다. 사람들의 선입견을 전부 부수려고 애쓸 필요는 없다. 어떤 선입견은 내가 당장 바꿀 수 없는 영역에서 생긴다. 과거의 선택, 이미 지나간 이력, 태생적인 조건 같은 것들이다. 그런 것을 붙잡고 나를 공격하는 사람은 굳이 설득할 필요도 없다. 그런 시선은 피하는 것이 최선이다.

반면 지금의 나로 충분히 바꿀 수 있는 선입견도 있다. 말투, 태도, 책임감, 일에 임하는 자세, 관계를 대하는 방식 같은 것들이다. 사회에서 흔히 겉모습도 실력이라는 말이 나오는 이유도 여기에 있다. 단편적인 평가가 자연스럽다는 사실을 아는 사람들은 그 단편을 관리하는 노력을 한다. 위선이 아니라 현실 감각이다.

결국 필요한 태도는 단순하다. 남들이 나를 어떻게 볼지에 대해 또 다른 선입견을 만들어 괴로워하지 말 것, 그리고 남들이 나에 대해 가지는 선입견을 전부 부정하려 하지 말 것. 일부는 인정하고 일부는 깨뜨리기 위해 노력하면 된다. 그 정도면 충분하다.

사람은 누구나 불완전한 시선으로 세상을 본다. 나 역시 타인을 그렇게 보고 있다. 이 사실을 인정하는 순간 우리는 훨씬 덜 예민해지고 더 현실적인 선택을 할 수 있다. 선입견을 없애겠다는 목표보다 그 안에서 어떻게 살아갈지를 고민하는 쪽이 삶에는 훨씬 도움이 된다. 그것이 인간 사회 안에서 나를 지키는 방법이다.

과도한 꾸밈은
나를 지치게 한다

"항상 가면을 쓰고 있는 것 같아요."

"제가 아닌 것 같아요."

꽤 자주 접하는 말이다. 솔직히 말하면 이 고민에 크게 공감이 가지는 않는다. 사람들은 어쩌면 생각보다 훨씬 더 솔직해야 한다는 압박을 스스로에게 주고 있는지도 모르겠다. 마치 삶의 모든 순간에서 나는 '진짜' 나여야만 하고, 거기서 조금이라도 태도를 조절하면 가짜 취급을 하는 것만 같다.

하지만 삶에서 모든 사람에게 나의 내밀한 부분을 보여줄 수는 없고 그럴 필요도 없다. 그런 행동이 곧 가면을 쓰는 일이라고, 또는 거짓된 삶을 의미하지는 않는다. 어디까지나 전혀 다른 나를 연기하는 것이 아니라 보여주지 않기로 선택한 부분을 그늘 속에 남겨두는 것뿐이다. 그 선택 역시 나의 판단이고, 그 판단에 따라 행동하는 나 또한 분명한 나다. 굳이 그것을 내가 아니라며 부정할 이유는 없다.

우리는 상황에 따라 다른 역할, 다른 관계에 마주한다. 회사에서의 나, 친구 앞에서의 나, 가족 안에서의 내가 완전히 같을 수는 없다. 그렇다고 해서 그중 어느 하나가 거짓인 걸까? 모두가 나를 바탕으로 만들어진, 내가 선택한 방식일 뿐이다. 사회 속에서 살아간다는 것은 언제나 판단과 선택의 연속이다.

예를 들어보자. 아무도 묻지 않았는데 면식만 있는 사람에게 내가 생각하는 나의 단점을 굳이 먼저 꺼낼 필요가 있을까. 가까운 친구라면 다를 수 있다. 그 관계 안에는 이해와 신뢰가 이미 쌓여 있기 때문이다. 하지만 나를 잘 모르는 사람에게 단점을 먼저 나서서 이야기한다는 것은 솔직한 행동이 아니라, 오히려 불필요한 선입견을 만들어 주는 일이다. 보여주지 않는 선택이 더 현명할 때는 꽤나 많다.

나 역시 나를 이루는 여러 부분을 누구에게나 전부 털어놓지 않는다. 가족이라 해도 전부를 말할 수는 없고,

가까운 친구에게도 쉽게 꺼낼 수 없는 이야기도 있다. 그렇다고 해서 내가 거짓말쟁이가 되거나, 위선으로 가득 찬 삶을 살고 있는 것은 아니다.

다만 경험상, 이런 고민을 반복하는 사람들 가운데는 실제로 자신을 숨기려고 지나치게 많은 거짓말을 하는 경우도 있었다. 약점이 드러날까 봐 사소한 부분까지 꾸며내다 보니 무엇을 말했는지 스스로도 기억하기 어렵고 그 과정에서 점점 지쳐간다. 예를 들면 건강관리를 하지 않는다는 이야기를 들을까 봐 몸무게까지 속인다거나. 이쯤 되면 문제가 되는 것은 가면 그 자체가 아니라 과도한 꾸밈이 아닐까 싶다.

이런 경우라면 더 잘, 더 완벽히 꾸미려고 노력하지 말고 조금은 내려놓는 연습을 해야 한다. 모든 사람이 모든 면에서 완벽할 수는 없고, 나의 전부를 숨긴 채 살아갈 수도 없다. 나와 적당히 거리가 있는 사람들에게는 굳이 정보를 주지 않는 것만으로도 충분하다. 그 이상을 꾸미려 들면 삶은 너무도 피곤해지고 만다.

만약에 여러 거짓말로 자기 자신을 감추고 있지 않다면 너무 걱정하지 않아도 된다. 가까운 사람에게만 말할 수 있는 이야기와, 그렇지 않은 사람에게 굳이 꺼낼 필요가 없는 이야기가 있는 것은 자연스럽다. 무엇을 보여주고 무엇을 남길지 결정할 권한은 언제나 내게 있다. 그것이 곧 사회생활이고, 모두가 그렇게 살아가고 있다.

　과도한 꾸밈은 나를 보호해 주는 것처럼 보이지만, 나를 가장 먼저 지치게 한다. 어쩌면 사회생활에서 말하는 솔직함이란 모든 것을 드러내는 용기가 아니라, 이 정도까지는 보여줘도 괜찮다고 스스로에게 자신 있게 허락하는 여유가 아닌가 싶기도 하다. 그 정도의 여유만 있어도, 우리는 굳이 애쓰지 않아도 나로 살아갈 수 있다.

사람 보는 눈

"왜 이렇게 빨리 믿었을까."

사람을 대하다 보면 누구나 한 번쯤 이런 생각을 한다. 왜 나는 사람을 잘 못 알아볼까. 왜 유독 같은 방식으로 상처를 받을까. 눈치가 없는 것도 아닌데 이상하게 사람만 만나면 판단이 흐려지는 것 같을 때가 있다. 그리고 그 끝에는 늘 비슷한 후회가 남는다.

사람 보는 눈이 부족하다고 느끼는 사람들에게는 공통된 습관이 있다. 사람을 너무 빨리 안다고 생각하는 습관이다. 몇 번 대화해 보고 한두 번 호의를 받고 나와 취향이 비슷하다는 이유만으로 이 사람은 좋은 사람이라는 결론을 서둘러내린다. 경계심을 풀고 마음을 여는 속도가 빠른 것이다.

이미지를 먼저 만들면 그다음부터는 행동을 그 이미지에 맞춰 해석한다. 좋은 사람이라고 믿기 시작하면 애매한 행동도 좋은 쪽으로 합리화한다. 말이 거칠어도 솔직한 사람이어서 그렇다고 믿고 약속을 가볍게 여겨도 바쁘니까 그럴 수 있다고 생각한다. 반대로 한번 나쁜 사람이라고 생각하면 작은 배려조차 계산으로 보인다. 같은 행동을 보고도 누군가는 감동하고 누군가는 불쾌해하는 이유가 여기에 있다. 결국 문제는 내가 씌운 필터다.

그래서 사람을 잘 알아보려면 판단을 늦춰야 한다. 이렇게 생각하는 편이 낫다. 좋아 보이지만 아직은 모른다, 괜찮은 부분이 있지만 다른 면도 있겠지, 이 정도의 거리가 좋다. 의심하며 끊임없이 시험하라는 뜻은 아니다. 인간은 누구나 장점과 단점을 함께 가지고 있다는 사실을 전제로 최대한 객관적으로 보라는 뜻이다. 이 사람도 나쁜 면이 있을 수 있다는 가정은 조금도 냉정하지 않고, 그저 현실일 뿐이다. 그 현실감이 있어야 과도한 기대를 줄이고 필요 이상으로 감정에 휘둘리지 않는다.

사람은 한두 장면만으로는 드러나지 않는다. 진짜 모습은 희로애락의 여러 순간에서 나온다. 기분이 좋을 때의 말투, 일이 꼬였을 때의 태도, 손해를 봤을 때의 반응, 타인을 대하는 기본적인 예의, 화가 났을 때의 절제력. 이런 것들은 시간이 지나고 상황이 닥쳐야 보인다. 그래서 사람을 충분히 판단하려면 시간이 필요하다. 그 사람의 여러 계절을 함께 겪어보아야 안다.

연애 대상이라면 특히 더 이렇게 행동하기 어렵다. 설레는 마음은 상대를 미화하고 불안한 마음은 상대를 나쁘게 그려낸다. 둘 다 위험하다. 좋아하니까 믿겠다는 말은 낭만적이지만 사실 충분한 근거가 없는 믿음은 나는 이 사람에 대한 객관적인 판단을 포기하겠다는 선언일 때가 많다. 사람은 몇 주, 몇 달 안에 다 드러나지 않는다. 오래 봐도 실망할 수 있다. 심지어 몇십 년을 알던 사람에게도 뒤통수를 맞는 게 인간관계다. 그렇다면 더더욱 짧은 시간에 판단을 단정짓는 것은 위험하다.

그래서 사람 보는 눈은 특별한 감각에서 나오는 것이 아니라, 시간과 함께 관찰을 쌓아가는 태도에서 나온다. 상대의 성격을 단정 짓지 않고 내 판단은 객관적인가, 아니면 감정적인가를 스스로 점검하는 습관, 상대를 아끼는 마음과 상대를 평가하는 눈을 동시에 유지하는 능력. 이 균형을 잡을수록 보다 정확한 판단을 할 수 있다. 그리고 그 정확함은 대체로 나를 덜 아프게 한다.

곁에 두고 싶은
좋은 사람들

살다 보면 문득 이런 생각이 든다.

'좋은 사람이라는 건 대체 어떤 사람일까.'

친절한 사람일까, 재미있는 사람일까, 늘 곁에 있어주는 사람일까. 여러 기준이 떠오르지만, 시간이 지날수록 조금 또렷한 기준을 가지게 되었다.

먼저, 힘든 소리를 쉽게 하지 않는 사람들이 있다. 내가 접한 이런 사람들은 대체로 책임감이 강했다. 인간은 공감하는 존재이기 때문에 누군가의 힘든 이야기를 듣는 순간 그 감정이 고스란히 상대에게 옮겨간다는 사실을 안다. 그래서 자신의 이야기가 누군가에게 또 다른 부담이 될 수 있다는 점을 먼저 생각한다.

물론 모든 것을 혼자 참아내는 것이 옳다는 뜻은 아니다. 다만 말에는 무게가 있고, 그 무게가 상대에게 어떻게 닿을지를 한 번 더 고민하는 태도를 이야기하고 싶다. 내가 던진 말이 누군가에게 스트레스나 피로가 될 수 있다는 사실을 인지하는 사람은, 관계 앞에서 함부로 행동하지 않는다. 이런 사람들은 대체로 누군가를 쉽게 미워하지도, 쉽게 미움받지도 않는다. 말 한마디로 관계가 틀어질 수 있다는 사실을 알고 있기 때문이다.

또 나는 감정 표현이 과하지 않은 사람들을 좋은 사람이라고 생각한다. 감정 표현이 많지 않다는 말은 감정 자체를 적게 느끼는 덤덤한 사람이라는 뜻만은 아닐 것이다. 지금 느끼는 감정을 여과 없이 바로 드러내지 않고, 필요한 것은 전하고 필요 없는 것은 전하지 않는 사람들이라고 생각한다.

단정해 말하기는 조심스럽지만 내 경험상 감정을 쉽게 쏟아내는 사람들은 관계를 자기중심으로 해석하는 경우가 많았다. 분노와 슬픔을 조절하지 못하고 그대로 드러내는 태도는 타인을 배려할 준비가 되어 있지 않은 사람이라는 뜻이기도 하다. 처음에는 솔직하고 다정하며 열정적인 사람처럼 보이지만, 자신의 기분을 상하게 하면 바로 태도를 바꿀 수 있는 사람임을 잊어서는 안 된다. 만약에 처음 만난 조심스러운 관계에서 자신의 감정을 강하게 드러내는 사람이라면 더 말할 것도 없다.

마지막으로 내가 좋은 사람이라고 느끼는 이들은 일의 과정을 칭찬하는 사람이다. 결과가 기대에 미치지 못해도 쉽게 실망하지 않고 애쓴 시간을 먼저 바라봐준다. 결과는 늘 눈에 잘 띄는 앞면에 있지만 노력은 언제나 뒤에 숨어 있다. 그 뒤를 보려면 한 번 더 생각해야 하고 조금 더 들여다봐야 한다. 그만큼 관심과 애정이 필요하다.

과정을 봐준다는 것은 그 사람의 인생을 조금 더 깊이 바라보겠다는 뜻이기도 하다. 왜 저 선택을 했는지, 어떤 시간을 지나왔는지, 무엇을 버텨냈는지. 그렇게 한 사람의 뒷면을 이해하려 노력하다 보면 처음에는 불편했던 사람도 전혀 다른 얼굴로 보이기 시작한다. 인간은 가까이서, 그리고 세밀하게 볼수록 더 입체적이고 아름답다는 생각이 든다.

좋은 사람을 곁에 두고 싶다면, 어쩌면 먼저 내가 그런 사람이 되어야 할지도 모른다. 말의 무게를 알고, 감정을 절제하고, 결과보다 과정을 바라보는 태도. 그 과정에서 우리는 좋은 사람을 만나기도 하고, 스스로 조금 더 괜찮은 사람이 되어 있기도 하다. 결국 좋은 사람은 우연히 만나는 존재가 아니라, 관계 속에서 서로가 조금씩 만들어가는 결과일지도 모른다.

절대 가까이하지 않는 사람

사람과 사람 사이의 관계는 결국 신뢰 위에 쌓인다. 사랑이든 우정이든, 함께 시간을 보내고 마음을 나누는 모든 관계는 상대의 말을 믿을 수 있다는 전제에서 출발한다. 그래서 우리는 상대를 알아가면서 말의 무게를 본다. 어떤 이야기를 반복하는지, 중요한 순간에 무엇을 숨기고 무엇을 드러내는지. 사소해 보이는 말버릇 하나가 그 사람의 태도와 삶의 방식까지 보여주기도 한다.

거짓말에도 종류가 있다. 상황을 모면하기 위해, 누군가를 다치게 하지 않기 위해, 혹은 아직 정리되지 않은 마음 때문에 잠시 진실을 미루는 경우도 있다. 이런 거짓말은 원인을 살펴볼 여지가 있다. 자존감이 흔들린 시기라거나, 감당하기 어려운 상황에 놓여 있다거나, 일시적으로 자신을 지키기 위한 선택일 수도 있다. 이런 경우라면 대화를 통해 상대의 마음을 터놓게 하거나 태도를 고쳐보도록 할 가능성도 있다. 그 사람의 기본적인 태도는 정직함에 있고, 지금만 흔들리고 있다는 신호이기 때문이다.

하지만 문제는 다른 유형의 거짓말이다. 어떤 사람들은 이유가 있어서 거짓말을 하지 않고, 그저 습관처럼 거짓말을 한다. 특별히 숨길 것도 없고 솔직해도 큰 문제가 없는데도 자연스럽게 사실을 비틀고 이야기를 꾸며낸다. 들키고 나서 미안해하면서도 같은 상황이 반복되면 또다시 거짓말을 한다. 상대가 얼마나 상처받는지, 신뢰가 얼마나 무너지는지 알면서도 멈추지 못한다. 이것은 상황이나 선택의 문제가 아니라 태도의 문제다.

습관적인 거짓말은 고치기 어렵다. 왜냐하면 그 사람 스스로도 왜 거짓말을 했는지 명확히 설명하지 못하는 경우가 많아서다. 목적이 분명하지 않으니 반성도 구체적이지 않고, 반성이 없으니 변화도 없다. "왜 그랬어?"라고 물으면 돌아오는 답은 늘 모호하다. 별생각 없었다, 그냥 그렇게 됐다, 크게 문제 될 줄 몰랐다. 이 말들로 책임을 회피하려 한다.

연애를 할 때 이런 거짓말은 특히 치명적이다. 사실을 말하지 않는 사람과는 어떤 약속도 온전히 믿을 수 없게 된다. 오늘 하는 말이 진짜인지, 내일 또 바뀌지는 않을지 끊임없이 확인해야 한다. 그러다 보면 관계는 사랑이 아니라 감시와 의심으로 변한다. 아무리 애써 이해하려 해도 한쪽만 계속 확인하고 부탁하고 경고하는 관계는 오래갈 수 없다.

나는 이런 사람을 고쳐줄 수 있다고 생각하지 않는다. 습관적인 거짓말은 주변 사람이 노력해서 바꿀 수 있는 문제가 아니다. 그것은 그 사람이 살아온 방식이고 스스로 바꾸려는 의지가 없는 한 그대로 반복된다. 그래서 이런 사람은 연인으로도, 친구로도 가까이 두지 않는 편이 낫다. 함께 있으면 마음이 계속 닳기 때문이다.

내가 이 사람 앞에서 불필요하게 의심하고, 계속 확인하며 스스로를 초라하게 만들도록 한다면 이미 답은 나와 있다. 나를 존중하는 사람은 나를 속이지 않는다. 적어도 습관처럼 거짓말하지는 않는다.

누구나 실수는 한다. 하지만 반복되는 거짓말을 대수롭지 않게 여기는 사람, 신뢰가 무너지는 과정을 가볍게 여기는 사람은 정말이지 가까이해서는 안 된다. 내가 나를 사랑한다면, 믿을 수 없는 사람에게 내 마음을 맡기지 않는 것부터 시작해야 한다.

사회성이 좋다는 말

한국에서는 사회성이 좋다는 말을 칭찬으로 자주 쓴다. 처음 보는 사람과도 금방 친해지고 어느 자리에서든 어색하지 않게 분위기를 풀며 인맥도 넓고 사람들에게 두루 잘한다. 그런 모습을 보면 타고난 감각처럼 보인다. 어떤 사람은 그걸 재능이라고 생각하고 어떤 사람은 부러움 섞인 체념으로 "나는 원래 그런 거 못 해"라고 한다.

그런데 가까이에서 오래 지켜보며 생각이 조금 바뀌었다. 사회성이 높은 사람들의 핵심은 생각보다 감각이 아니라 이성에 가깝다는 것을 알게 되었기 때문이다. 그들은 인간관계를 따뜻한 마음 하나로만 운영하지 않는다. 감정에 휘둘리지 않기 위해 오히려 더 차갑게 판단하려 애쓴다. 그래서 겉으로는 누구에게나 친절해 보이지만 속으로는 관계의 경계선을 꽤 분명하게 그어 두고 있다.

사회성이 높은 사람은 먼저 사람을 분류한다. 이 사람은 가장 친한 친구인지, 적당히 편한 친구인지, 가끔 보는 지인인지, 비즈니스 관계인지. 그리고 그 분류에 따라 말투와 거리, 들어줄 수 있는 부탁의 범위, 시간을 쓰는 양이 다르게 결정된다. 좋은 사람인지 나쁜 사람인지 판단해서 분류하는 것이 아니라 내가 어떤 방식으로 대해야 관계가 매끄럽게 굴러가는 사람인가로 분류한다.

그래서 그들이 사람을 대할 때는 공감보다 이해가 먼저 작동한다. 상대의 감정에 같이 휩쓸리기보다는 저 사람이 지금 무엇을 원하고 무엇이 불편한지 파악한다. 그리고 그에 맞는 대응을 선택한다. 위로가 필요한 상황이라면 위로를, 친절이 필요한 상황이라면 친절함을 꺼낸다. 덕분에 어디서든 무난하고 충돌이 적어 관계가 오래간다.

이 지점에서 가끔 오해가 생긴다. 남들과 대화가 잘 통하면 스스로 사회성이 높다고 생각해 버리는 것이다. 하지만 대화가 잘 통한다는 건 때때로 상대가 맞춰주고 있다는 뜻일 수도 있다. 특히 한국 사회에서는 더 그렇다. 많은 사람들이 면전에서 불편한 말을 삼키고 분위기를 깨지 않기 위해 웃어 넘긴다. 그래서 실제로는 문제가 있는 사람도 주변 사람들과 잘 지낸다고 착각한다. 그게 본인의 능력인지, 주변의 인내인지 구분을 못 한다.

사회성이 높은 사람은 한발 더 나간다. 내가 지금 맞춰주고 있는 건지, 남들이 맞춰주는 건지를 스스로 점검한다. 내가 편하다고 해서 상대도 편한 건 아니고 내가 친절했다고 해서 상대가 고마운 건 아닐 수 있다는 걸 안다. 그래서 관계를 유지할 때도 내가 상대가 무엇을 필요로 하나를 살핀다. 친절과 배려를 내 기준으로 베풀지 않고 상대에게 실제로 도움이 되는 방식으로 베푼다. 이 차이가 크다.

사회성이 높은 사람들의 또 다른 특징은 얻을 것을 명확히 한다는 점이다. 여기서 얻는다는 건 돈이나 이득만을 말하지 않는다. 정보, 협업, 정서적 지지, 재미, 네트워크, 배움, 신뢰. 어떤 관계에서 무엇을 기대할 수 있는지, 그리고 무엇까지는 기대하지 말아야 하는지를 분명히 한다. 기대치가 명확하면 실망도 줄어든다. 실망이 줄면 감정이 덜 폭발한다. 감정이 덜 폭발하면 관계가 덜 망가진다. 결국 넓은 인간관계를 유지하는 비결은 더 따뜻함이 아니라 더 정확함인 셈이다.

결국 사회성이란 사람을 좋아하는 마음만으로 만들어지지 않는다. 사람을 많이 만나면서도 관계를 유지하려면 감정과 이성 사이에서 균형을 잡으려는 노력이 필요하다. 누구에게나 똑같이 잘하는 것이 아니라 사람마다 다른 방식으로 대하되 그 방식이 상대에게도 무리가 되지 않도록 조율하는 것. 내가 보기에 사회성이 높은 사람들의 특징은 바로 그 지점에 있다.

친절 앞에서 불편할 때

"정말 얼얼하네!"

정말 믿었던 사람의 가면이 벗겨져 그 사람의 정체와 진의가 드러나는 순간에는 이런 말이 절로 나온다. 사람들 가운데는 유난히 친절한 이들이 있다. 말이 부드럽고 감정 표현이 풍부하며 처음부터 거리 없이 다가오는 사람들이다. 그 친절은 때로 마음을 놓이게 하고 세상이 아직 따뜻하다는 안도감을 준다. 하지만 관계를 조금만 오래 겪어본 사람이라면 안다. 과한 친절에는 이유가 있다.

사회생활이나 비즈니스 관계에서는 특히 그렇다. 나 역시 작은 친절을 남에게 베풀려고 하면 에너지가 필요한 것처럼 그들도 친절을 베풀려면 대가가 따른다. 그러니 지나치게 친절한 태도, 과도한 호의를 베푸는 사람을 만났다면 '원래 그런 사람인가 보다' 하고 생각할 것이 아니라, 내게 친절해서 얻어갈 부분에 대한 계산이 더 확실하게 서 있는 사람이 아닌가 생각해 보아야 한다.

의심은 상대를 공격하기 위한 마음이 아니라, 나를 지키기 위한 태도다. 우리는 의심이라는 단어를 부정적으로 받아들이고는 한다. 누군가를 의심하면 냉정하고 계산적인 사람처럼 보일까 봐, 마음이 삭막해질까 봐 스스로를 검열한다. 하지만 의심을 다른 말로 바꾸면 조심이다. 그리고 조심은 관계에서 반드시 필요한 감각이다.

인간은 누구나 계산을 한다. 말을 하기 전, 행동을 하기 전, 이 선택이 나에게 어떤 득과 실을 가져올지 무의식적으로 따진다. 그것이 나쁘다고만 말할 수는 없다. 사회생활이란 그런 판단 위에서 굴러가기 때문이다. 중요한 것은 계산을 하느냐 안 하느냐가 아니라, 얼마나 많이 하느냐, 그리고 그것을 얼마나 감정으로 포장하느냐다.

과도하게 친절한 사람은 그 계산을 형태로 드러낸다. 필요 이상의 배려, 과장된 공감, 빠른 친밀감 형성은 상대를 무장해제시키기에 충분하다. 문제는 그 친절이 언제까지 유지되는지, 그리고 그 친절의 대가를 나중에 요구하지는 않는지다. 처음에는 이유 없는 호의처럼 보이던 것이 시간이 지나면 부담이나 기대, 암묵적인 요구로 바뀌는 순간이 찾아오기도 한다.

세상이 늘 선의로만 움직인다고 믿고 살아가는 사람일수록, 한 번의 배신에 더 크게 무너진다. 상대의 행동도 행동이지만, "내가 사람을 너무 쉽게 믿었구나"라는 자책 때문에 마음이 더 무거워진다.

그래서 의심은 나쁜 것이 아니다. 의심은 관계를 끊기 위한 도구가 아니라 거리를 조절하기 위한 기준이다. 당장 판단을 내리기보다는, 조금 더 지켜보고 조금 더 천천히 마음을 여는 선택이다. 상대의 친절을 무례하게 밀어내라는 말이 아니다. 다만 그것을 있는 그대로 받아들이되 곧바로 신뢰로 바꾸지는 말자는 것이다.

인간관계에서 조심해서 나쁠 것은 없다. 친절을 받으면서도 한발 물러서서 바라볼 수 있는 여유, 감정에 휩쓸리기보다 상황을 읽는 감각은 모두 의심에서 출발한다. 나를 지키는 사람은 세상을 적으로 돌리지 않는다. 대신, 모든 것을 그대로 믿지 않을 뿐이다. 의심은 관계를 망치는 태도가 아니다. 오히려 관계를 오래 가게 만드는 안전장치다. 나를 아끼기 위해, 나를 지키기 위해 갖는 조심성은 인간관계에서 결코 과하지 않다.

오해는 어디서 시작될까

오해는 사람을 쉽게 지치게 한다. 말 한마디, 표정 하나 때문에 혼자서 곱씹어 보며 수십 가지 해석을 만들어 낸 적이 한 번씩은 있을 것이다. 괜히 기분이 상하고 잠자리에 누워도 같은 장면이 저절로 떠올라 마음이 복잡하다. 오해는 대부분 이렇게 아주 사소한 계기로, 혼자만의 해석에 빠져 생겨난다.

오해가 생기면 사람들은 자연스레 책임을 묻고 싶어 한다. 누가 오해하게 만들었는지, 누가 잘못 말했는지, 누가 더 배려했어야 했는지를 따진다. 하지만 나는 인간관계에서 생긴 오해의 책임은 대체로 오해한 사람에게 있다고 생각한다.

오해라는 말 자체를 곱씹어보자. 오해는 상대가 나쁜

의도로 행동하지 않았는데 내가 나쁜 의도로 받아들였다는 뜻이다. 즉, 사실만 놓고 보면 상대에게는 잘못이 없으며 그저 내가 착각했을 뿐이다.

잘못이 없는 상황을 두고 상대에게 너의 잘못이라고 말하는 순간, 대화는 어긋나기 시작한다. 상대 입장에서는 억울할 수밖에 없고 스스로도 모르게 방어 자세를 취한다. 그러면 문제는 해결되지 않고 싸움으로 번진다.

그래서 오해의 상황에서는 내가 오해했다는 인정이 가장 빠르고 효과적으로 상황을 풀어갈 수 있게 한다. 그 인정 한마디로 대화의 방향이 바뀐다. 그다음에야 비로소 "다음에는 이런 부분을 조금만 설명해 줄 수 있을까" 같은 대화를 나눌 수 있다. 책임을 묻는 대화가 아니라 소통으로 이어지는 것이다.

오해를 모두 내 탓으로 받아들이라는 말이 자존심을 버리라는 뜻도, 무한히 참으라는 말도 아니다. 잘못한 행동과 오해는 분명히 구분해야 한다. 상대가 명백히 약속을 어겼거나 무례한 행동을 했다면 상대의 책임이다. 하지만 오해는 다르다. 오해는 잘못이 아니라 해석의 문제다. 해석은 언제나 내 몫이다. 그렇다면 그 책임을 내가 지는 것이 가장 합리적이다.

삶을 단순하게 살기 위해서도 이 태도는 필요하다. 잘못한 일과 잘못하지 않은 일을 명확히 나누고 잘못한 일에는 사과하며 오해는 해명하고 풀면 된다. 여기에 누가 조금 더 잘했고 누가 조금 덜 잘못했는지 같은 자잘한 비교가 들어가기 시작하면 따질 것이 너무도 많고 삶이 피곤하다. 인간관계에서 대부분의 소모는 바로 이 불필요한 비교에서 시작된다.

모든 오해를 나에게로 돌리는 방법을 선택하면 인간관계는 훨씬 쉽다. 모든 것을 바로잡으려 애쓰지 않아도 되고 모든 감정을 끝까지 증명하지 않아도 된다. 어떻게 더 잘 소통할 것인가를 이야기하고 앞으로만을 바라볼 수 있게 된다. 이 선택이 인간관계를 간단하고 건강하게 만든다.

피해자라는 위치

"나는 늘 상대를 먼저 생각해 왔어요."

"제 감정은 뒤로 미뤘어요."

이 말 속에는 자책과 억울함이 함께 섞여 있다. 나는 최선을 다했는데 그 결과로 상처만 받은 사람이라는 뉘앙스가 있다. 하지만 한 번쯤은 질문을 바꿔볼 필요가 있다. 정말 나는 피해자였을까.

남을 먼저 생각하고 배려하는 행동 역시 전부 나의 선택이다. 누가 강요해서 한 일이 아니다. 내가 그렇게 하는 것이 맞다고 생각했고 그렇게 해야 마음이 편했으며 그렇게 행동하는 나 자신이 싫지 않았기 때문에 선택한 방식이다. 이타심은 흔히 나를 지우는 행위처럼 오해되지만 사실 그 출발점은 언제나 '나'다. 내가 옳다고 믿는 기준, 내가 편안해지는 방향, 내가 만족을 느끼는 태도에서 나온 행동이다.

그 선택을 스스로 부정할 때 문제가 시작된다. 나는 남을 위해서만 살았다는 말은 그 선택은 내 것이 아니었다고 말하는 것과 같다. 그 순간 나는 내 행동에 대한 책임을 잃고 피해자의 자리에 서게 된다. 내 기준으로 선택해 놓고 결과가 마음에 들지 않자 그 선택을 타인의 탓으로 돌리는 셈이다. 그렇게 되면 억울함만 남고 배울 수 있는 지점은 사라진다.

이타심도 이기심도 모두 나에게서 나온다. 남을 위해 사는 삶이 나쁘다는 뜻이 아니다. 다만 그것을 나를 잃은 희생으로 포장할 필요는 없다. 나는 분명 그것이 옳다고 생각했고 그 선택 때문에 일정한 만족감을 얻고 있었을 것이다. 인정받는 감정, 좋은 사람이라는 이미지, 스스로에 대한 자부심 같은 것들 말이다. 그것을 부정하지 말아야 한다. 그래야 다음 선택이 가능해진다.

또 하나 중요한 지점이 있다. 선의와 친절은 언제나 상대를 기준으로 베풀어야만 한다. 내가 괜찮다고 느끼는 행동이 상대에게도 괜찮다는 보장은 없다. 나는 배려로 베풀었는데

저 사람에게는 부담이 된다. 여기서 문제가 생긴다. 나는 잘해줬는데 상대는 불편해했고 그 결과 나는 또다시 잘해줬는데 상처받았다고 느낀다. 그리고 다시 피해자의 자리에 선다.

하지만 냉정하게 보면, 나는 상대가 원하는 만큼이 아니라 내가 원하는 만큼 잘해줬을 뿐이다. 상대의 기준을 충분히 묻지 않았고 확인하지 않았으며 나의 방식이 옳다고 믿고 밀어붙였다. 의도가 선했다고 해서 결과까지 정당화되지는 않는다. 착한 행동에도 책임이 필요하다. 잘못된 행동에만 책임이 따르는 것이 아니라, 좋다고 믿었던 행동에도 그 결과에 대한 책임이 따른다.

이것을 모르면 남들의 눈에 위선자로 보이는 것은 시간문제다. "이렇게까지 했는데"라는 말에는 나는 좋은 사람이고 너는 알아주지 않는 사람이라는 판단이 숨어 있다. 선의를 무기로 삼아 상대를 압박하고 있는 셈이다. 그렇게 되면 나는 더 이상 배려하는 사람이 아니라 나의 선의를 증명받고 싶어 하는 사람일 뿐이다.

피해자라고 느껴질수록, 내게로 돌아와 보아야 한다. 그때 나는 왜 그렇게 행동했는지, 무엇을 얻고 있었는지, 그리고 그 방식이 지금의 나에게도 여전히 맞는지를 다시 묻는 것이다. 필요하다면 수정하면 된다. 이타심과 이기심 사이의 균형을 조절하면 된다. 조금 덜 친절해도 괜찮다.

스스로를 가엾게 여기지 않아도 된다. 당신은 선택한 사람이다. 그리고 선택할 수 있는 사람은 언제든 다른 선택도 할 수 있다. 그렇다면 피해자라는 인식에서 벗어나 다시 삶의 주도권을 잡는 것도 어렵지 않다. 그렇게 자신을 바라볼 수 있을 때, 비로소 더 건강한 친절과 더 정확한 배려가 가능해진다.

4.

사랑이 나에게
가르쳐 준 것들

내가 생각하는 사랑

사랑에 대해 처음 생각하기 시작했을 때, 나는 그것을 주로 강한 감정의 이름으로 여겼다. 설렘이 있고 보고 싶음이 있으며 몸이 먼저 반응하는 감각들이 사랑이라고 믿었다. 누군가를 떠올리기만 해도 심장이 빨라지고 함께 있지 않아도 하루의 기분이 달라지는 상태. 그런 감정이 지속되는 것이 사랑의 증거라고 생각했다.

하지만 시간이 지나면서 알게 되었다. 그런 감정은 언제나 처음에 가장 선명하고 반복될수록 서서히 옅어진다는 것을. 사람은 같은 자극에 오래 반응하지 않는다. 처음에는 도파민이 넘쳐흐르다가도 어느 순간 그것이 일상이 되면 감정은 자연스럽게 가라앉는다. 그리고 그때부터 많은 사람들이 사랑을 의심하기 시작한다. 예전만큼 설레지 않는다는 이유로, 감정이 식은 것 같다는 이유로, 이 관계가 맞는지 다시 묻게 된다.

그 시기를 지나며 나 역시 사랑이 무엇인지 여러 번 생각하게 되었다. 그러다 어느 순간부터 사랑을 감정의 크기와 진폭으로 설명하는 대신, 하나의 삶의 상태로 설명하게 되었다. 내가 생각하는 사랑이란, 그 사람과 함께 있을 때 나의 평범한 일상이 온전히 완성되는 것이다.

이 사람이 곁에 있을 때 특별한 일을 하지 않아도 하루가 자연스럽게 흘러간다. 아무 일도 없는 하루가 불안하지 않고 지루하지도 않다. 오히려 이 사람이 없을 때 평범하던 삶이 어딘가 어긋난 것처럼 느낀다. 함께 있을 때는 모든 것이 지나치게 특별하지도, 부족하지도 않다. 그냥 제자리에 있는 느낌. 나는 그 상태를 사랑이라고 부르게 되었다.

사랑은 어떤 순간의 고조된 감정이 아니라 삶을 함께 살아가는 방식인 것 같다. 아침에 눈을 뜨고 배가 고파 자연스럽게 말을 건네는 일, 누가 먼저랄 것도 없이 수저를 놓고 식탁에 앉는 일, 다 먹고 나서 아무렇지도 않게 설거지를 함께하는 일. 일하러 나가기 전 "잘 다녀와"라고 말하고 돌아오면 별일 없었다는 듯 하루를 마무리하는 일. 이런 장면들이 특별해서가 아니라 너무도 당연해서 계속 이어진다. 지금 내가 있는 이곳에, 내가 있는 모든 순간에 그 사람이 들어 있는 관계. 관계가 곧 삶이 된 이런 관계를 사랑이라 부르고 싶다.

어릴 때는 사랑이 격하게 흔들리는 감정이라고 생각했다. 그래서 그 흔들림이 사라지면 사랑도 끝났다고 착각했다. 하지만 지금은 안다. 감정이 사그라든 뒤에 무엇이 남아 있는지가 더 중요하다는 것을. 설렘이 줄어든 뒤에도 함께 살아가고 싶다는 마음, 이 사람과 함께라면 평범한 하루를 계속 반복해도 괜찮겠다는 감각. 그 감각이 남아 있다면 사랑은 이미 충분히 깊은 상태다.

특별한 사랑에 집착할 필요는 없다. 하루가 특별하지 않아도 괜찮고 그 사람이 곁에 있을 때 삶이 다시 제자리로 돌아온다면, 나는 내가 사랑을 하고 있다고 생각한다.

나의 이상형

이상형을 묻는 질문을 받을 때마다 나는 늘 비슷한 대답을 한다. 특별한 외모나 조건을 이야기하지 않는다. 성격이 어떻고 취향이 어떠해야 하며 무엇을 좋아해야 한다는 목록도 없다. 대신 딱 한 가지를 말한다. 삶의 중요한 부분들에서 극단적이지 않은 사람이라고.

여기서 말하는 극단성은 호불호가 많다는 뜻과는 다르다. 싫어하는 것이 많아도 상관없다. 채소를 싫어해도 되고 매운 음식을 피해도 된다. 어떤 취향을 가지고 있든 그 자체는 문제가 아니다. 내가 조심스럽게 거리를 두고 싶어지는 지점은 어떤 한 가지를 삶의 절대적인 기준처럼 붙들고 놓지 않는 태도다. 그 기준이 흔들리지 않아야만 마음이 편해지는 사람, 다른 선택의 가능성을 아예 닫아버린 사람 말이다.

삶을 조금만 살아보면 알게 된다. 인생에는 명확한 정답이 거의 없다. 수학 문제처럼 하나의 답만 존재하는 일이 드물다. 오히려 애매한 상황, 그때그때 달라지는 조건, 예상하지 못한 변수들이 훨씬 많다. 그래서 삶은 과학이나 수학보다는 예술에 가깝지 않은가 싶다. 삶은 하나의 공식으로 설명되지 않고 상황에 따라 다르게 해석되며 매 상황 조율이 필요하다.

극단적인 사람들은 이 애매함을 견디기 어려워한다. 어떤 문제든 A 아니면 B로 나누고 한 번 정한 답을 쉽게 바꾸지 않는다. 그러면서 안정감을 느낀다. 그러나 삶의 조건과 상황이 끊임없이 변화하듯 인간도 계속해서 변한다. 나는 어렸을 때 자기 확신이 있는 편이어서 의견을 쉽게 바꾸려 하지 않았다. 그러나 지금은 내가 변할 수 있다는 사실을 받아들이고 지금도 계속해서 변하려 한다. 예전에 했던 고민 상담을 보며 '지금은 생각이 바뀌었구나' 하고 생각할 때가 그런 예다.

그런데 극단적인 사람들은 이와 달리 쉽게 변하려 하지 않는다. 관계에서도 상대의 사정이나 상황을 고려해 중간 지점을 찾기보다, 자신의 기준을 지키는 데 에너지를 쏟는다. 그렇게 되면 대화는 줄어들고 합의는 어려워진다.

관계는 결국 조율의 연속이다. 서로 다른 두 사람이 함께 살아가거나 시간을 보내기 위해서는 완벽한 일치보다 충분한 합의가 필요하다. 오늘은 내가 한발 물러서고 내일은 상대가 조정하는 식으로 균형을 맞춘다. 이 과정에는 유연함이 필수다. 그런데 삶의 중요한 영역에서 극단적인 태도를 가진 사람은 이 유연함을 선택지로 두지 않는다. 그 결과 관계는 점점 경직되고 함께 있는 사람들도 자연스럽게 피로를 느낀다.

물론 누구나 한두 가지쯤은 극단적인 면을 가지고 있다. 그것이 인간이다. 문제는 그 극단성이 삶 전반에 영향을 미칠 정도로 커졌을 때다. 생활 방식, 가치관, 관계를 대하는 태도처럼 일상의 중심을 이루는 부분에서 양보나 조정이 불가능해지면 그 사람과 함께 살아가는 일은 쉽지 않다. 본인도 편하지 않고 주변 사람도 편하지 않다.

그래서 내가 말하는 이상형은 특별히 부드러운 사람도, 늘 이해심 많은 사람도 아니다. 다만 삶이 애매한 것이라는 사실을 받아들일 줄 아는 사람이다. 상황에 따라 생각을 바꿀 수 있고 내 기준이 전부가 아닐 수 있음을 인정할 수 있는 사람이다. 합의를 실패로 느끼지 않고 조정을 패배로 여기지 않는 태도를 가진 사람이다.

이상형을 생각하는 일은 나 자신을 돌아보는 일과 닮았다. 내가 어떤 삶을 견딜 수 있는지, 어떤 태도와 함께라면 오래 갈 수 있는지를 스스로에게 묻는 일이기 때문이다. 나는 명확한 정답을 강하게 믿는 사람보다, 애매함 속에서도 대화를 이어갈 수 있는 사람을 선택하고 싶다. 삶이 그렇듯 관계 역시 늘 정해진 답 없이 흘러가기 때문이다.

나를 아껴줄 사람을
알아보기

연애 상담을 하다 보면 비슷한 이야기를 반복해서 듣게 된다. 몇 번의 연애에서 연속으로 상처를 입었고, 특히 배신이나 외도로 관계가 끝났다는 이야기다. 사람들은 이럴 때 운이 나빴다고 말한다. 물론 운의 요소를 완전히 배제할 수는 없다. 하지만 같은 일이 반복된다면 그 안에는 분명히 돌아봐야 할 지점이 있다. 운 탓으로 돌리는 일보다는 왜 그런 사람을 거듭해서 만나게 되었는지를 살펴보는 일이 더 중요하다.

이런 경험을 한 사람들에게서 보이는 공통점이 있다. 상대를 충분히 알기도 전에 관계를 시작한다는 점이다.

감정이 빠르게 달아오르고 그 속도에 자신을 맡긴다. 상대의 말과 행동을 곧이곧대로 믿고, 마음이 불편해지는 신호가 보여도 스스로 애써 무시하며 상대의 행동을 합리화한다. "조금 이상했지만 그래도 나한테 잘해주려고 그랬다잖아", "이 정도는 다들 그렇지 않나"와 같은 말로 넘어간다. 그렇게 관계는 시작되고 숨겨두었던 문제는 천천히 모습을 드러낸다.

나는 상대를 잘 알기 전에 특히 조심하는 사람들이 있다. 감정 표현이 풍부하다 못해 지나친 사람이다. 만난 지 얼마 되지 않았는데도 지나치게 깊은 사랑을 말하고, 감정을 쏟아붓듯 표현하는 사람이다. 처음에는 그 열정이 특별하게 보일 수 있다. 하지만 상대의 페이스에 휘말리기 전에 이런 사람은 꼭 다시 한번 생각을 해봐야 한다.

둘 사이의 관계에 비해서 과도한 감정을 표현하는 사람은 배려가 부족한 사람일 가능성이 높다. 주변 상황과 관계를 잘 돌아보지 못하고서 자기 감정에 지나치게 몰입해 상대가 어떻게 느끼는지는 잘 보지 못하고서 감정을 표현한다. 일반적인 상황이라면 대부분 과도한 감정 표현에 불편해할 것이다. 그저 이것이 사랑이라는 이름으로 포장되었을 때, '나를 정말 많이 좋아하나 보다', '이 정도라면 나를 계속 아껴주지 않을까?' 하고 착각하기 쉬울 뿐이다.

과도한 감정 표현은 상대를 압박한다. 아직 관계가 제대로 형성되지도 않았는데 감정의 무게를 떠안게 만든다. 진정으로 상대를 아끼고 사랑하며 존중하는 사람이라면 이렇게 섣불리 앞서가지는 않을 것이다. 즉 상대에 대한 존중보다 자기 확신과 자기 감정이 앞서고 있는 사람이라고 진단할 수 있다. 상대가 불편해할 수 있다는 가능성을 고려하지 않는 태도는, 결국 이후의 관계에서도 배려가 부족할 가능성이 크다.

또 하나 주의 깊게 봐야 할 점은 감정 표현이 지나치게 큰 사람이 시간이 지나며 보여주는 변화다. 똑같이 감정이 편차를 보인다고 했을 때, 처음에는 넘칠 만큼 표현하던 사람이 태도가 변하면 더 그 차이게 두드러지게 보이기 마련이다. 나는 상대가 계속 비슷할 거라고, 또는 처음 수준이 그랬으니 감정이 어느 정도 안정되더라도 다른 사람보다는 좀 더 뜨거울 거라고 생각했는데, 그 편차가 커서 너무나 실망하게 될지도 모른다.

진심으로 나를 아껴주는 사람은 감정을 과시하지 않는다. 좋아하는 마음을 조심스럽게 다루고 상대의 속도를 살핀다. 말보다 태도로, 순간의 열정보다 꾸준함으로 마음을 증명한다. 나를 소중히 여기는 사람은 나를 불안하게 만들지 않는다. 감정으로 흔들기보다 안정감으로 곁에 남는다.

나를 아끼는 사람을 만나고 싶다면 감정의 크기보다 태도의 방향을 보자. 나를 존중하고 배려하는지, 곁에 있을 때 편안함을 주는 사람인지. 진정으로 상대를 사랑하는 사람은 내가 해주고 싶은 사랑보다 상대가 받고 싶어 하는 사랑을 하려 노력한다. 내가 해주고 싶은 일 열 가지보다 상대가 바라는 일 한 가지가 더 의미 있다는 것을 안다. 그래서 상대가 무엇을 원하는지 끊임없이 살핀다.

자기 사랑은 아무나 곁에 두지 않는 선택에서 시작된다. 나를 소모시키는 사람을 멀리하고 나를 아껴줄 수 있는 사람을 알아보는 눈을 기르는 것. 그것이 연애에서 그리고 삶에서 나를 지키는 가장 현실적인 방법이다.

사랑 속에서
나를 잃어버리지 않는 법

"여운님, 저 너무 속상해요."

이렇게 시작하는 사연은 보통 연애 사연이다. 사랑하느라 지치고, 배려하느라 힘들어 결국 자기 자신이 희미해진다. 왜 언제나 나만 희생해야하는 걸까.

연애, 그거 쉽지 않은 게 맞다. 서로 다른 두 세계가 맞닿는 순간부터 균형이 흔들리고 그 가운데 우리는 서로를 이해하려 애쓴다. 그렇지만 조금만 멀리 떨어져 생각해봤으면 한다. 왜 다들 피해자만 있다고 느낄까? 가해자는 방송에 상담하러 오지 않기 때문에? 나는 그저 모두가 착각하고 있기 때문이라고 생각한다. '내가 더 희생한다', '내가 더 맞춰준다',

'나는 나를 잃어버렸다.'

　생각을 바꿔보자. 이 관계에서 정말 나는 일방적인 피해자일까? 그렇지 않다. 사실은 모든 선택은 나로부터 시작되었다. 그 사람과 만나보기로 한 것도, 관계를 지금의 모습으로 키워온 것도 나다. 상대의 기대에 맞춰 행동한 것도, 상대가 바라지 않은 것을 미리 지레짐작해 혼자 희생한 것도 다 나다.

　모든 변화가 나의 선택임을 인정하는 순간 관계는 조금 달라진다. 모두가 나의 선택이라면 이 관계를 다르게 변화시키는 힘 또한 나에게 있다. 피해자라는 착각에서 벗어나야 비로소 관계에서 주체적으로 선택할 수 있게 된다. 내가 느끼는 불편함을 덜면 그게 바로 원래 나다. 그 사람을 만나기 전, 내 마음이 가장 편안하던 그때의 나.

　한 연인이 자그마한 갈등을 겪어 여자친구가 한 발 뒤로 물러나 양보했다고 해보자. 남자친구는 별 생각 없이 양보를 받아들이고 하던 대로 행동하기 쉽다. 보통은 그래서 문제가 더 커진다. 남자친구는 조만간 이렇게 억울해하며 외치게 될 것이다. "네가 양보한다며!" 분명 여자친구는 괜찮다고 했는데, 왜? 실은 인간에게는 일방적인 양보란 있을 수 없기 때문이다. 인간은 누구나 자신의 행동에 대한 보상을 바라는 심리가 있다. 때문에 일방적인 관계, 일방적인 희생은 계속될 수 없고 상대가 하나를 양보했다면 나 역시도 하나를 양보해야만 한다.

내가 완벽하지 않듯 상대도 완벽하지 않다. 차근차근 대화해보자. 내가 무엇을 상대를 위한 희생이라고 착각하고 있었는지, 또 내가 실제로 무엇을 희생하고 있는지 확인해보자. 상대도 내가 모르는 사이 무엇을 희생하고 있었는지 알아보자. 그러면 그 관계가 변해가기 시작할 것이다. 그 출발은 바로 스스로를 피해자라고 생각하지 않는 데에 있다.

평소의 내가
나를 설명한다

연인관계는 두 사람만의 이야기로 머물지 않는다. 함께 시간을 보내다 보면 자연스럽게 상대의 친구와 가족, 그 사람이 속해 있던 관계들의 이야기가 따라온다. 직접 만난 적은 없어도 이름을 먼저 알게 되고, 어떤 사람인지 짐작하게 된다. 오래 알고 지낸 친구의 성격, 가족 안에서의 역할, 반복되는 말투와 습관들. 그런 이야기를 듣다 보면 연인을 조금 더 입체적으로 느낄 수 있다. 그 사람이 어떤 환경에서 자라왔고 무엇을 중요하게 여겨왔는지, 어떤 관계를 품고 살아왔는지를 알게 되기 때문이다.

그래서 사랑은 언제나 둘을 넘어 확장된다. 연인의 세계를 함께 들여다보는 그 과정에서 우리는 상대를 더 깊이 이해한다. 친구들 앞에서의 모습, 가족 안에서의 위치, 관계를 대하는 태도까지. 그것들은 모두 그 사람이 살아온 흔적이자 지금의 그를 만든 일부다.

하지만 그렇게 이야기가 깊어질수록 마음 한편이 불편해지는 순간도 찾아온다. 내가 정말 아끼는 사람들의 부끄러운 면, 굳이 설명하지 않아도 될 치부가 떠오를 때다. 나는 그들의 그런 모습을 좋아하지는 않는다. 그렇다고 해서 그들을 덜 사랑하는 것도 아니다. 다만 연인이 그 이야기를 듣고 나를 그들과 같은 결로 보지는 않을지, 괜히 마음이 앞서 걱정하게 된다.

그래서 이야기를 하다가도 문득 멈칫하게 된다. 이건 오해하지 않았으면 좋겠다는 말을 덧붙여야 할 것 같고, 나와는 다르다는 설명을 먼저 해야 할 것만 같다. 해명이 길어질수록 마음은 더 조심스럽다. 아끼는 사람들을 변호하듯 말하고 있으면서도 동시에 그 관계들을 있는 그대로 보여주기가 두렵다. 그 순간 우리는 연인이 나를 둘러싼 모든 것을 평가하지 않을까 두려워하는 죄인이 된 것만 같다.

구태여 해명할 필요를 느끼며 불안해할 것 없다. 정말로 나를 사랑하는 사람이라면, 나를 나로 보려고 하는 사람이라면, 내 주변의 일부만을 떼어내 나를 판단하지 않는다. 나의 과거, 나의 관계, 나의 환경을 이유로 나를 단순화하지 않는다. 오히려 내가 어떤 태도로 살아왔는지, 그 사람 앞에서 어떤 모습이었는지를 더 중요하게 본다.

과거의 한 연애가 떠오른다. 내가 사랑했던 사람의 집안 사정이 결코 안정적이지 않았던 적이 있었다. 환경만 보면서 쉽게 판단할 수도 있었을 것이다. 하지만 나는 단 한 번도 그 사람을 그 환경과 동일시해 본 적이 없다. 내 앞에서 보여주었던 태도, 사람을 대하는 방식, 관계를 책임지는 모습이 너무 분명했기 때문이다. 그래서 나는 의심 대신 걱정을 했고, 평가 대신 이해를 택했다. 이 사람이 혹여 그 환경 때문에 더 힘들지는 않을지, 내가 무엇을 도와줄 수 있을지 생각했을 뿐이다.

만약 누군가가 당신의 주변 환경만을 보고 당신을 낮춰 본다면, 그 관계는 애초에 깊어질 수 없다. 정말 좋은 사람은, 정말 사랑할 줄 아는 사람은, 당신을 당신의 삶 전체로 받아들이려 한다. 주변의 일부를 떼어내 확대해서 보지 않는다. 눈앞에 있는 당신의 태도와 선택을 본다. 그게 특별한 생각이어서가 아니라, 사랑이라는 것이 원래 그런 것이기 때문이다.

물론 현실적인 문제는 있다. 결혼처럼 삶이 깊게 맞닿는 선택 앞에서는 가족과 가족이 만나는 지점에서 갈등이 생길 수도 있다. 부모의 입장에서 걱정이 앞서는 것도 자연스러운 일이다. 하지만 그럼에도 불구하고 진심으로 서로를 선택한 관계라면 함께 고민하고 넘어설 방법을 찾으려 한다. 문제를 이유로 관계를 쉽게 재단하지 않는다.

결국 중요한 것은 '나'다. 내가 굳이 해명하지 않아도 될 만큼의 태도로 살아왔는가. 나의 삶을 이루는 관계들 속에서도 내가 나답게, 성실하게, 책임감 있게 살아왔는가. 진심으로 나를 사랑하는 사람은 그것을 알아본다. 설명하지 않아도 느낀다. 해명하지 않아도 이해한다.

그러니 구태여 애써 설명하지 않아도 된다. 나의 모습, 나의 관계, 나의 과거를 일일이 방어하듯 말할 필요도 없다. 나의 태도가 곧 나의 설명이 되고, 나의 삶이 곧 나에 대한 해명이 된다. 내가 나를 외면하지 않고 살아왔다면 나를 제대로 바라보는 사람 앞에서는 그 어떤 말보다도 충분하다.

연애에서
주고받는 것들

연애라는 주제만 나오면 사람들은 오로지 감정으로만 해석하려 든다. 사랑은 계산할 수도 없고 계산하면 안 되는 것이며 마음은 조건 없이 주는 것이라는 믿음이 강하다. 하지만 연애 역시 사람이 맺는 관계라는 점에서 다른 인간관계와 크게 다르지 않다. 연인관계에서도 상대가 무엇인가를 해주길 바라는 기대 심리, 내가 노력했으니 상대가 무언가 보답을 되돌려주길 바라는 보상 심리가 작동한다. 이런 주고받음의 심리를 생각하지 않고 감정에만 호소한다면 관계는 오히려 더 쉽게 흔들린다.

조금 더 강하게 말하자면 연애는 거래와 마찬가지다.

거래에서 우리는 원하는 물건을 얻으려고 무언가를 제시하며 그 결과 이익을 얻는다. 연애도 다를 게 없다. 나는 이 사람과 잘 지내고 싶기 때문에 내 행동을 조절하고 상대 역시 관계를 유지하고 싶기 때문에 자신의 일부를 조정한다. 내가 상대에게 원하는 것이 있다면 나 역시 상대가 원하는 것을 고려해야 한다. 한쪽만 계속 양보하는 관계는 오래가지 못한다. 한쪽만 이득을 보는 비즈니스는 계속될 수 없듯 연애도 결국은 서로 윈윈이어야 지속된다.

이런 태도가 차갑다는 사람들도 있을 것이다. 연애와 계산이라니, 납득하지 못하는 사람들도 있을 것이다. 하지만 나는 오히려 그 생각이 연애를 지나치게 감정의 영역에만 가두고 있다고 본다. 연애는 감정으로 시작되지만 유지되는 과정은 매우 현실적이다. 우리는 연애를 하면서 상대에게 기대를 하고 그 기대가 어느 정도 충족되기를 바란다. 내 기대가 무너지면 서운함을 느끼고 갈등이 일어난다. 사랑이 부족해서가 아니라 인간관계의 기본 구조가 그렇기 때문이다.

사실 우리는 이미 연애할 때 자연스레 이렇게 행동하고 있다. 좋아하는 사람을 만나기 위해 옷을 고르기도 하고 어떤 메시지를 보낼지 고민하기도 한다. 의식적으로 계산을 해서가 아니라 관계를 잘 만들고 싶기 때문이다. 이처럼 이미 우리는 상대의 마음을 얻기 위해 나의 자원을 사용하고 있다. 이 점을 인정하지 않으면서 연애는 감정만이 작동하며 계산 없이 헌신해야한다고 믿는다면 관계는 왜곡된다.

같은 이유로 '오로지 주는 연애'는 없다. 나는 다 주고 있다고 생각하지만, 사실 그 안에서도 사람은 분명 무언가를 얻고 있다. 인정받는 감정, 필요로 된다는 느낌, 희생하는 나 자신에 대한 만족감 같은 것들이다. 그것을 인식하지 못하면 계속해서 피해자 행세를 할 수밖에 없다. 나는 이렇게까지 했는데 왜 돌아오는 게 없느냐고 말하지만 정작 내가 무엇을 받고 있었는지는 보지 못한다. 마음이라는 것은 물질처럼 손에 잡히지 않기 때문에 더더욱 스스로 인식하려는 노력이 필요하다.

연애를 조금 더 현실적으로 바라볼 필요가 있는 이유가 여기에 있다. 차갑게 관계를 계산하라는 뜻이 아니라, 내가 무엇을 주고 무엇을 받고 있는지를 명확히 인지하라는 말이다. 그래야 불필요한 억울함도 줄어들고 스스로를 소모시키는 관계에서 빠져나올 수 있다. 관계 안에서 나의 기준과 한계를 분명히 세울 수 있을 때 오히려 감정도 더 건강해진다.

연인관계에서 유난히 지치는 순간들은 이런 주고받음의 균형이 깨졌을 때 찾아온다. 자존심을 내세우며 고집을 부리다 지치는 예는 드물지 않다. 그런데 이때 단 한 치의 양보도 없이 다투다가 어느 순간 상대가 미안하다고 먼저 사과하면 나도 모르게 내 잘못을 돌아보고 사과하게 된다. '내가 틀렸다고 해도 그냥 져 주면 안 돼?' 하고 자존심을 내세울 것이 아니라 미안해할 부분은 미안해하고 상대에게 받아야 할 사과는 분명히 받는다. 이 과정은 누가 이기고 지느냐의 문제가 아니다. 서로 사과해야 하는 부분을 찾고 사과하는 과정에서 연인은 서로를 더 이해하고 관계는 한층 더 발전한다.

좋은 연애는 우연히 생겨나지 않는다. 서로가 주고받는 방식을 배우고 조율하며 실패를 통해 수정해 가는 과정이 있어야 한다. 그래서 연애 역시 하나의 경험이자 축적되는 이력이다. 어떤 관계에서 무엇을 배웠는지, 어떤 방식이 나에게 맞지 않았는지를 아는 사람일수록 다음 연애를 더 잘한다.

연애를 감정의 흐름에만 맡기지 말자. 사랑을 지키기 위해서라도 현실을 보자는 말이다. 관계는 둘이 함께 만드는 구조물이다. 한쪽이 무너질 때까지 버티는 것이 미덕일 수는 없다. 서로가 조금씩 얻고, 조금씩 조정하며 함께 가는 것. 그렇게 주고받을 줄 아는 연애가 결국 가장 오래간다.

맞춰 간다는 것의 의미

"사람은 정말 변하지 않는 걸까요?"

할 수 있는 건 전부 해봤는데 연인이 달라지지 않는다고 말하는 사람들이 있다. 정말 아무 변화도 없는 걸까? 생각을 조금만 달리해 볼 필요가 있다.

일단 원론적인 이야기를 하나 하자. 사람은 쉽게 변하지 않는 게 맞다. 몇십 년 동안 몸에 밴 습관은 어느 하루의 결심으로 단숨에 고칠 수 없다. 변화에는 시간이 필요하고 그 시간은 생각보다 길다.

상대가 바뀌었는지를 '결과'로 판단하면 결국은 실망한다. 관계를 유지하려면 상대가 완벽히 바뀐 모습을 기대하지 말고 그 사람이 바뀌기 위해 어떤 과정을 거치고 있는지를 봐줄 수 있어야 한다.

예를 들어보자. 데이트에 늘 5-10분 정도 지각하는 연인이 있다고 하자. 시간을 정확히 지키는 사람은 도저히 이해할 수 없는 패턴이다. 그러나 평생 그렇게 살아온 사람이라면 고치기 어려운 습관일 수 있다.

내가 지각 문제에 대한 생각과 감정을 분명히 전달했다면 상대도 나름대로 바꾸려고 노력할 것이다. 그런데 어느 날 연인이 또 지각했다. 보통은 이런 생각이 먼저 앞선다.

'역시 그대로네. 아무것도 달라지지 않았어.'

하지만 실상은 다를 수도 있다. 원래라면 다섯 번 중 다섯 번 모두 늦는 사람이었는데, 지난번에는 정시에 왔고 이번에 늦었을 수도 있다. 그의 기준에서는 한 걸음 나아갔지만, 나는 그 작은 변화를 놓치고서 변하지 않는 사람이라고 단정해 버린다. 이미 여러 번 참아왔기 때문에 실망도 더 빠르게 찾아오는 것이다.

물론 그 정도의 변화로 마음이 움직이지 않고 힘들기만 하다면 그 관계는 맞지 않는 것일 수도 있다. 연애에서는 결국 자신의 마음이 기준이 되어야만 한다. 다만 정말 하고 싶은 말은 상대가 아무 노력도 하고 있지 않다는 나의 판단이 선입견일 수 있다는 점을 알아야 한다는 것이다. 이런 심리를 제대로 모른 채 상대가 아무 노력도 하지 않고 있다고 오해해 관계를 너무 일찍 포기할 필요는 없다는 것이다.

결과만 보는 시각과 과정을 보는 시각은 꽤 다르다. 결과에 집중한다면 다섯 번 지각이 네 번 지각이 되었다고 해서 좋은 말이 나오지 않는다. 하지만 과정에 초점을 맞추면, 다섯 번 모두 늦던 사람이 한 번이라도 시간을 지키려 애쓴 것은 큰 변화의 시작이며 큰 노력이다. 수험이나 채용 시장에서는 결과를 평가하겠지만 연인 사이에서까지 꼭 그래야만 할까. 서로의 노력과 과정을 누구보다 더 가까이에서 진심으로 봐줄 수 있는 사이, 그것이 연인관계는 아닐까. 이 시각에서는 상대에게 자연스럽게 따뜻한 말이 나온다.

"오늘은 시간 잘 지켜줘서 고마워."

이 한마디가 상대에게 좋은 영향을 준다. 알아주고 고마워하며 격려하는 연인의 모습에 더 노력하고 싶은 마음이 생긴다. 변화는 이렇게 천천히, 서로의 시선을 통해 자란다.

연인이 같은 잘못을 반복한다고 해서 상대만 바뀌어야

하는 것은 아니다. 그 변화를 돕기 위해서는 나 역시 함께 움직여야 한다. 상대의 문제를 함께 해결하고 싶은 마음이 있다면 탓하기만 해서는 아무것도 달라지지 않는다. 관계란 원래 그런 것이다. 한 사람의 힘만으로 바뀌는 일은 없다. 그것이 관계란 것의 특수한 점이다.

사랑하는 방식은
사람마다 다르다

"나는 120도인데 상대는 70도인 것 같아요."

한번은 연애의 온도 차이 문제를 묻는 사연을 받은 적이 있다. 연애에 있어서 둘의 끓는 점이 다른 것 같다며, 나는 상대를 대할 때 화상 입을 것처럼 뜨거운데 상대는 뜨뜻미지근하다 못해 차가워 아쉽다고 했다. 나는 더 뜨겁게 사랑할 수 있는데 상대는 부담스러워하고 그렇다고 상대에 맞춰 내 마음의 온도를 낮추자니 내 마음이 식어간다는 것이다.

누구나 쉽게 동정할 법한 사연이지만 나는 조금 생각이 다르다. 사랑을 하는 방식은 각자가 모두 다르기 때문이다.

동거나 결혼을 하게 되면 서로 다른 생활 패턴 때문에 각자가 맞춰야 하지 않는가. 그것은 누가 더 잘하고 누가 더 못하는 문제가 아니라 그저 다른 습관을 갖고 있는 것뿐이다. 마찬가지로 사랑하는 방식도 사람마다 조금씩 다르다.

나는 평소에 누구와 전화 통화를 하지 않는 편이고, 연애할 때도 전화를 먼저 잘 걸지 않는다. 통화는 필수가 아닌 '굳이?'라는 느낌이다. 전화 통화보다는 둘이 만나 얼굴을 맞대고 이야기하면 더 즐겁다. 이야기를 좀 남겨두었다가, 오랜만에 만나 밀린 이야기를 실컷 꺼내는 것도 또 다른 즐거움이다. 이것이 내가 사랑하는 방식이다.

그렇다고 해서 내가 여자친구를 사랑하지 않는 것은 아니다. 그저 표현 방식이 다를 뿐이다. 누군가는 이런 나에게 이렇게 말할 수도 있다. 사랑하는 마음이 부족해서 그렇다고, 사랑하는데 어떻게 목소리가 듣고 싶지 않으냐고, 정말로 사랑하는 것 맞냐고. 글쎄, 그게 꼭 그럴까? 나 역시도 전화하길 좋아하는 여자친구를 만나보았지만 내가 먼저 전화를 걸어야 한다는 압박은 그다지 받아본 적이 없다. 여자친구가 내게 전화를 걸면 된다. 통화하고 싶은 사람이 전화를 걸면 되는 문제 아닐까?

전화를 좋아하지 않는 내가 연인의 전화를 받아 즐겁게 대화를 나누려는 것 자체가 노력이고 배려이며 존중이다. 내 방식을 상대에게 강요할 것이 아니라, '아, 저 사람은 이런 식으로 사랑을 하는구나' 하고 이해하면 되는 문제다. 서로를 진정으로 존중한다면 연인들은 서로를 저절로 닮아간다. 매일 전화하던 사람은 전화를 줄이게 되고, 받기만 하던 사람은 '오늘은 전화를 안 하네' 하면서 전화를 한 번씩 걸게 된다. 이렇게 조금씩 둘은 맞춰져 간다.

그런데 나는 전화를 하는데 왜 너는 하지 않냐고 묻는 사람은 관계가 다르게 흘러간다. 매일 전화를 하면서도 스트레스를 받는다. 전화를 걸기만 하는 것이 신경 쓰이고 불안하니까 괜히 통화하는 상대의 기색을 살피게 되고 왠지 설렁설렁 대답만 하고 있는 느낌이 든다. 자신도 모르게 상대의 말에 꼬투리를 잡게 되고, 만약에 전화를 상대가 늦게 받거나 받지 않기라도 하면 분위기는 너무도 험악해질 것이다.

이런 사람은 내 사랑의 방식만이 정답이라고 생각한다. 내 사랑만이 정답이라고 생각하니까, 이 관계에서 나만 홀로 사랑하고 있다고 느낀다. 이런 사랑은 일종의 셈법이 작동한다. 내가 열 번 전화를 걸었다면 상대도 열 번 전화를 걸어주어야 하고, 내가 데이트 계획을 다섯 번 짰으면 상대도 데이트 계획을 다섯 번 짜야만 한다. 준 만큼 받아야만 한다는 일종의 보상 심리가 작동한다.

하지만 이렇게까지 사랑하는 방식이 똑같은 사람을 만나기는 너무도 어렵다. 오히려 내 방식과는 다른 사랑의 방식을 인정하고 포용하는 것이 훨씬 더 빠르다. 그렇지 않다면 누구를 만나더라도 무슨 일을 할 때마다 서운함이 쌓여가고 상대는 갈수록 이 사랑을 부담스럽게 느낀다. 두 사람이 느끼는 스트레스는 갈수록 커져 간다. 이런 모습은 연애를 시작하는 그 어느 누구도 바라지는 않을 것이다.

연애의 온도 차이를 느껴 불안하고 답답할 수도 있다. 그러나 한번 가만히 살펴보자. 혹시 상대와 나의 사랑하는 방식이 다를 뿐인 것은 아닌지. 만약 서로가 다를 뿐이라면 특별히 초조해할 필요도 없고, 완전히 같아질 필요도 없다. 그저 다른 것뿐이다.

헤어짐이 남기는 것들

"이별해서 너무 아파요. 어떻게 하죠?"

방송 시청자들은 이별에 대해 자주 묻는다. 나도 겪어봤다. 공허하고 외롭다. 그 사람이 보고 싶고 슬프다. 내가 누군지도 모르겠고 정신을 차릴 수 없다. 당연하다. 사랑하면 그 사람이 전부 같고 그 사람과 헤어지면 죽을 것만 같다. 그 사람을 위해서라면 내 목숨도 내놓을 것만 같다.

이렇게 질문하는 사람이 얼만큼 간절하고 고통스러운지 잘 안다. 이 질문에 답하기 전에 사람들에게 꼭 해주는 말이 있다. 잘 사랑하셨다고. 이별이 아픈 이유는, 잘 사랑했기 때문이라고.

이별이 별로 아프지 않은 사람은 지난 이별 이후 아픔을 피하고 싶은 마음에 쉽게 다음 사람을 만난 사람이다. 이런 사랑은 마약과도 같다. 당장의 괴롭고 힘든 마음을 내 가슴속에서 쫓아보내기 위해, 습관적으로 다음 사랑에 손을 댄다. 힘들어서 눈앞의 다른 사람을 만난다. 그 잠시 동안의 사랑에 취해서, 어떻게든 지금 이 순간의 고통을 넘기려고 한다. 문제가 생기면 다시 다음 사람을 찾는다. 이런 사랑과 이별에서는 고통이 없고 배움이 없으며 성장도 없다. 잘 사랑하지 못한 것이다.

축하한다. 당신은 잘 사랑했기 때문에 아픈 것이다. 그리고 또 축하한다. 당신은 아프기 때문에 더 잘 사랑하게 될 것이다. 잘 사랑해서 아픔이 왔다면 빨리 잊으려 해서는 안 된다. 잘 잊어야 한다. 잘 잊으려면 이 아픔을 온전히 내 것으로 받아들여, 정말 많이 아파하고 힘들어해야 한다. 이 힘듦을 있는 그대로 느껴보자. 피하려고 하지 말자. 이별이란 원래 그런 것이다. 극심한 고통의 순간이 조금 지나면 많은 교훈을 얻을 수 있게 된다. 이번 연애는 왜 실패했을까? 나는 그 사람에게 어떤 사람이었을까? 그 사람은 내게 어떤 사람이었을까? 나는 어떤 사람을 만나지 않는 것이 좋을까?

앞으로 내가 어떻게 연애를 하면 좋을까?

이렇게 이별이란 고통을 느끼고 성장한 사람은 다음 사랑에 신중하다. 사람을 고를 때도 신중하고, 사람을 만나서도 더 조심한다. 잘 아파본 사람은 또 훨씬 더 용감한 사람이다. 아픔을 알고 신중한데, 그 두려움을 뚫고 사랑을 선택했으니까. 사랑을 더 잘할 줄 알고 더 최선을 다한다. 왜냐하면 지난 이별이 그렇게 말해줬으니까. 그리고 이별이란 너무도 아픈 것임을 잘 아니까.

헤어지면 죽을 만큼 아플 것 같은 사람과 사랑을 해보자. 그리고 죽을 만큼 아프기 싫어서라도 최선을 다해보자. 그러고 나면 다시 큰 이별의 고통이 찾아온다. 괜찮다. 당신은 다음에 더 잘 사랑하려고 아픈 거니까. 그 이별이 있어서 다음 사랑을 또 만날 테니까.

스스로에게 거는 저주

"언젠가는 벌을 받겠죠?"

라이브 방송 중이었다. 불과 몇 분 전에도 같은 사람이 비슷한 질문을 던졌다. 남자친구의 외도로 이별했다며 "권선징악이란 있을까요?"라고 물었고 잠시 뒤에는 표현만 바꾼 질문을 다시 꺼냈다. 연애 상담을 할 때 이런 장면을 꽤 자주 볼 수 있다. 조언을 구하지만 정작 그 조언을 받아들일 준비는 되어 있지 않은 사연자들이다.

조언하는 사람의 말을 부정하지는 않는다. 고개를 끄덕이며 알겠다고 한다. 그러나 질문은 형태만 바꿔 다시 돌아온다. 이미 대답을 들었음에도 다시 확인하려 한다.

머리로는 관계가 끝났다는 사실을 알고 있지만 마음으로는 그 결론을 받아들이지 못한 채 누군가가 다른 말을 해주기를 기다린다. 그래서 친구에게 묻고 다른 사람에게 물으며 방송에까지 찾아온다.

이 과정이 길어질수록 사람은 점점 자신의 감정 속으로 더 깊이 빠져든다. 이때부터는 대답의 내용은 중요하지 않다. 이미 마음속에 정해둔 결론을 확인받기 전까지 질문을 멈추지 않는다. 어떤 객관적인 말, 상식적인 조언도 그 마음을 움직일 수 없다. 나는 이런 상태를 스스로에게 저주를 거는 일이라고 생각한다. 놓아야 할 사람을 붙잡고 이미 지나간 어제에 시선을 고정한 채 자기 자신의 오늘과 내일을 놓치고 있기 때문이다.

자기 고통만이 전부라고 느끼는 사람은 이기적으로 변한다. 주변 사람들에게 같은 질문만을 반복하며 감정을 배출한다. 하지만 반복되는 확인은 위로가 되지 않는다. 듣는 사람을 지치게 만들고 결국엔 그 자신도 더 깊은 고통 속으로 떨어지고 만다.

이런 상황에서 벗어나려면 좁은 시야 안에 갇혀 감정을 더 키우고 있어서는 안 된다. 지금 내가 무엇을 하고 있는지,

왜 이 질문을 계속 던지고 있는지, 이 질문이 나를 앞으로 데려가는지 아니면 제자리에 묶어두는지 스스로 점검해야 한다. 이 과정을 거치지 않으면 사람은 자기만의 세계에 갇힌다. 그리고 그 세계 안에서는 어떤 말도, 어떤 조언도 제대로 닿지 않는다.

이별의 이유가 무엇이었든 떠난 사람은 이미 떠났다. 바람을 피우고 떠난 사람도, 상처를 남기고 사라진 사람도 세상에는 셀 수 없이 많다. 이별은 나에게는 큰 사건이지만 세상 전체로 보면 일어날 수 없는 예외적인 일이 일어난 것은 아니다.

그럼에도 계속해서 같은 질문을 반복하는 이유는 관점이 바뀌지 않았기 때문이다. 사람은 아무리 많은 조언을 들어도, 아무리 큰돈이나 기회를 손에 쥐어도, 내가 그것을 받아들일 준비가 되어 있지 않다면 아무 소용이 없다. 같은 말을 들어도 누군가는 변화하고 누군가는 제자리에 머무는 이유가 여기에 있다.

결국 나를 바꾸는 것은 내게 일어난 사건이 아니라 사건에 대한 해석이다. 같은 상황에서도 어떤 사람은 불행 속에 머무르고 어떤 사람은 그 경험을 지나 다음 단계로 이동한다.

백만 원을 가지고도 충분하다고 느끼는 사람이 있는가 하면 백억을 가져도 부족하다고 느끼는 사람도 있다. 차이는 환경이 아니라 나의 관점과 시선이다. 무엇을 보고 어떻게 받아들이느냐가 삶의 질을 결정한다.

이별 이후 계속해서 같은 질문을 반복하고 있다면 이제는 질문을 바꿔야 한다. 그 사람은 지금 무엇을 하고 있을까 하는 질문이 아니라 나는 지금 대체 무엇을 하고 있는가?로 시선을 돌려야 한다. 이미 남이 된, 또는 남으로 지내는 것이 나을 법한 다른 사람에 대해 감정을 소모하려고 하지 말고 내 감정이 왜 이 지점에 멈춰 있는지를 바라보아야만 한다. 그래야 비로소 반복되던 저주에서 풀려난다.

회복할 수 있는 상처만을

"계속 만나도 될까요?"

어쩌면 가장 많이 받는 질문일지도 모른다. 사연별로 다르긴 하지만 이런 질문을 받았을 때 나는 자주 이렇게 이야기하고는 한다.

"아니, 헤어져!"

내 사정이 아니라고 쉽게 내지르는 것 같이 들리겠지만, 진심이다. 왜 계속 만날지 말지를 고민할까? 그 관계가, 또는 이 연애가 잘못되었음을 머리로 알기 때문이다. 그럼에도 아직 사랑한다는 감정은 남아 있기 때문이다.

사람과 사람이 처음 만났을 때는 관계가 아직 모습을 얻지 못했을 때다. 서로가 서로를 알아가며 시간을 쌓아가면 그 관계는 서서히 모습을 드러낸다. 화제, 말투, 태도, 호칭, 연락 패턴 등 관계를 이루는 요소는 너무도 많고, 이것들이 모두 어우러진 전체가 바로 관계다.

인간관계는 한번 형태가 생겨나면 쉽게 바꿀 수 없다. 나는 이것을 돌을 깎는 일에 비유해서 말하고는 한다. 돌은 블록이나 퍼즐이 아니어서 한번 깎아내면 다시 붙일 수 없다. 만약 다시 붙일 수 있다고 해도 깎는 것에 비해 너무나도 큰 노력과 수고가 들어갈 것이다. 인간관계도 마찬가지다. 한번 형태를 부여받은 인간관계는 쉽게 그 모습을 바꿀 수 없다.

관계라는 것이 참 오묘하다. 어떻게 생각하면 관계라는 것 자체가 하나의 생명체, 유기체 같다는 생각을 할 때도 있다. 저 사람도 누군가를 대할 때 같은 모습만을 보이지는 않을 것이다. 나 역시도 마찬가지다. 누군가의 앞에선 한없이 실없는 소리를 늘어놓게 되고, 누군가의 앞에서는 더없이 어른다운 소리를 한다. 이 사람의 앞에서 하면 이상한 일이지만 저 사람의 앞에서는 자연스럽다.

그래서 관계를 만들어갈 때는 조심스럽다. 긴장감을 유지하면서 내가 원하는 형태를 만들어 나갈 수 있도록 상대를 유도하고 서로 맞춰나가야 한다. 한번 관계가 만들어지면 다시 바꾸기란 너무 어렵기 때문이다.

어느 날 갑자기 눈치를 채면 그때는 이미 늦었다. 어쩌면 상대에게 너무도 끌린 나머지, 관계가 형성되어 가는 동안 꾹 참고 모른 척 눈을 감고 있었을 수도 있다. 그러다 마침내 참지 못하겠다며 갑자기 관계를 바꿔봐야겠다는 생각이 들 수도 있겠다. 이것 역시도 늦다. 그래서 나는 친구 문제든 연애 문제든 간에 사연을 보낸 이가 이미 지나친 상처를 받고 있다고 느끼면 주저 없이 그 사람과의 인연을 정리하라고 충고한다.

안타까운 마음, 헤어지기 싫은 마음은 충분히 이해한다. 그러나 그 관계는 이미 모습을 부여받은 뒤이며, 시간이 쌓여 만들어진 관계에는 관성이 붙는다. 6개월을 알았든 10년을 알았든 그 모든 것은 오래도록 깎아내고 미세하게 조정해서 만들어 낸 관계다. 내가 의식했든 하지 못했든, 원했든 원하지 않았든. 그 세월의 지층을 고작 며칠 정도의 노력으로 바꿀 수 있을 리 없다. 이미 깎여 나간 돌 부스러기를 돌에 붙여 형태를 크게 바꿔낼 수 있을 리 없다.

관계가 잘못 형성되고 만 끝의 이별은 뻔하다. 서운한 마음을 품고 있던 한쪽이 결국 상대의 무심함을 참다못해 짜증을

내고 화를 낸다. 이미 누적된 것이 있기에 싸움이 시작되면 서로에게 말로 이루 다 못할 상처를 주고 헤어지게 되고 만다.

결국은 조금이라도 더 이성적이었을 때 차분히 이야기를 나누고 헤어지는 것이 낫다. 나도 모르게, 내가 원하지 않는데도 관계가 이렇게 흘러간 경우에는 너무 최선을 다할 필요 없다. 이것을 되돌리기는 너무도 많은 노력이 들고, 대부분 실패하고 말기 때문이다. 많은 노력에도 불구하고 실패가 뒤따르면 더 큰 상처가 기다리고 있다.

몸에 난 상처를 일부러 흉터로 만들려고 하는 사람은 없다. 마음에 있어서도 마찬가지여야 한다. 노력해서 불행한 기억을 늘리느니 차라리 이 관계에서 좋았던 점은 기억하고, 더 이상 어쩔 수 없는 부분은 어쩔 수 없다고 인정하고 다른 관계를 기약하는 것이 삶의 지혜는 아닐까. 그렇게 하지 않으면 마음의 상처가 덧나고 흉이 진다. 마음에 흉이 남으면 그것이 트라우마가 되고 하나의 결핍이 되어 다음 관계에까지 나쁜 영향을 준다.

기억해야 한다. 마음에는 회복할 수 있는 상처가 있고 회복할 수 없는 상처가 있다. 회복할 수 있는 상처를 시간과 노력을 들여 회복할 수 없는 상처로 만들어서는 안 된다.

나오며

안녕하세요, 처음 만난 독자 여러분, 이미 친숙한 구독자 여러분. 이 책에 실은 모든 글은 제가 추구하는 태도이자 삶을 대하는 하나의 방향입니다. 제가 이 책대로 100% 살고 있냐고 물으신다면 솔직히 자신 있게 그렇다고 말하기는 어렵겠습니다. 노력하고는 있지만 여전히 흔들리고 배우는 중이니까요.

이 책에 담은 이야기들은 제가 생각하는 '정답'입니다. 다만 어디까지나 지금의 제게 정답일 뿐 나중의 저는 또 다른 답을 찾게 될지도 모르지요. 독자 여러분 역시 각자의 삶에서 각자의 정답을 찾아가실 거라 믿습니다. 제 이야기가 그 과정에 작은 도움을 드릴 수 있다면 그걸로 충분합니다.

첫 책을 쓰는 동안 답답한 순간들도 있었습니다. 오랫동안 시를 써 왔고 방송에서 대본 없이도 제 생각을 말해 왔기에 잘할 수 있다고 생각했지만, 막상 책을 쓰는 일을 또 다른 일이었습니다. 그래서 이 책을 완벽한 결과물로 만들기보다는 지금의 제가 할 수 있는 최선을 담아 솔직하게 기록하려 애썼습니다. 제 삶과 고민 그리고 방송하며 만났던 수많은 이야기 가운데 꽤 많은 것들을 이 안에 담았습니다.

이 책을 끝까지 읽어 주서서 진심으로 감사드립니다. 단 한 문장이라도 여러분 마음속에 오래 남아, 어느 날 문득 떠오를 수 있다면 더 바랄 것이 없겠습니다. 혹시 인연이 닿아 인스타그램이나 유튜브에서 스쳐 지나가게 된다면 모르는 척하지 마시고 인사 한번 건네주세요. 그 인사만으로도 이 책을 쓴 보람은 충분할 것 같습니다.

모든 날들이
행복했으면 좋겠어

초판 1쇄   2026년 03월 25일
초판 2쇄   2026년 04월 15일

지은이   갱여운 (김태진)

편집   이세준
펴낸곳   (주)하이스트그로우
이메일   highest@highestbooks.com
출판등록   2021년 5월 31일 제2025-253호

ⓒ 갱여운 (김태진), 2026

이 책은 저작권법에 의해 보호를 받는 저작물이므로
책 내용의 전부 또는 일부를 이용하려면
반드시 저자와 (주)하이스트그로우의 서면 동의를 받아야 합니다.

책값은 뒤표지에 있습니다.
ISBN 979-11-93282-64-9(03810)